販書追憶 歐陽文利 著

EXLIBRIS

九十年代上門收書 196
千禧前後風氣轉變 209
世紀疫症中的神州 223
書友購書心態 226
賣書售書者心態 229
舊書業會否被淘汰，後繼無人？ 232

跋 235

附錄

一　上世紀香港舊書業地圖 237
二　神州舊訂單、收據、租單等 244
三　神州書店地址年表 249

作者簡介 250

神州舊影 251

增訂版自序

《販書追憶》於二〇二一年七月發行初版，中華書局製作了精裝本和限量毛邊本，兩種版本於同年售罄。之後內地代理商想再入貨，但都不能供應了，因此中華書局負責人告訴我會再版。這於我可算是一大喜訊。愚非作家出身，初次出版的書籍能有這樣的成績，要多得各大書友的支持與捧場！想不到我寫這題材會受到讀者的歡迎，甚感榮幸！

爾後，中華書局助理總編輯顧瑜小姐約我到位於北角的中華書局總部談談再版事宜，她建議不妨改為增訂版，可以在初版的基礎上作出增加或修改，我不加思索便一口答應，約定三個月後交稿。回家後我有點擔心了，我用了三年時間才完成初版稿，現在三個月內要完成增訂版？這不是給自己一份苦差嗎？不過答應了便是承諾，我將全力以赴完成任務！

趁着出版增訂版這機會，我想從我的角度，對比新書店、舊書店的不同，也會簡述一下我國書肆的發展狀況，還會談談我的集古齋生涯樂事，以及夜校同窗互助時光，澳門收書情況，與日本及台灣同業的往來，網絡上的買賣、拍賣經驗，等等。神州舊影裏的書刊圖片，我也擇其要者重做編排。

舊書店以客為先，本着用心聆聽滿足客人不同需求的宗旨，把客人當朋友看待。店主在了解客人找書的種類後，也會給他們介紹同類的書刊看是否適合。空閒時會與客人聊聊天，遇到客人想找的書而自己店裏沒貨供應時，就先登記起來，日後多加留意一下，若改日有機會找到，再按客人留下的資料聯繫他們。客人離開時，店主往往會送客到門口再表謝意！而新書店則地方大且書種分類準確，查找書時一按電腦便可瞭如指掌，但職員沒有時間和空間與客人談天說地，取書付款兩個動作便完成了一宗交易。

至於我國書肆發展，據記載漢朝起已有書肆出現，東漢時期王充的《論衡》也有記述作者流連書肆。書肆是售書的地方，通常新舊兼賣，可算是舊書的主要交流場所。明清時期的書肆主要集中在北京琉璃廠，但也有關於全國各地書肆的記述，例如當時安徽一帶出現了大規模的雕版印刷書，很可能當地書肆已有自己的「出版部」和「門市部」，若有，則可謂是新型書店了。到了清末，西方的近代印刷技術傳入中國，之後商務、中華、良友、三聯等出版商自行開設門市部，也有商人把新出版的平裝、精裝、期刊、報紙合銷，成立新書店。而舊書經銷則是地攤和地檔了，一般人流多的大學地區、地廟、趁集的地方便會是舊書攤集中的地方。自民國以來，香港的舊書流通都是以書檔和流動書攤為主，已知香港較有規模的，要算是上世紀四十年代灣仔道國泰戲院附近的「釗記舊舖」。

我在舊書行業打滾六十年，很多買賣趣聞、書事百態都不能一一盡錄，期待通過本次增訂版，能以另一種方式與書友見面。

販書追憶

（增訂版）

書古房奉題

歐陽文利——著

中華書局

目錄

增訂版自序 6
初版序一——小思 9
初版序二——許定銘 13
初版序三——林冠中 17
前言 21

第一章
進入舊書業 **25**
為生活未畢業入行 26
調到啟文書局工作 33
漢華中學夜校同窗的友誼 40
再返集古齋 43
掌管舊書買賣 45

到廣州、上海訂貨 47
離開集古齋 54
回憶集古齋生涯樂事 58

第二章
創立神州書店 61

創業還是打工的掙扎 62
創業經歷的苦與樂 68
由鹿角大廈到士丹利街地舖 75
組織家庭 82
租約作廢，眾人相助買地舖 88
結交熟客，最終搬到柴灣 94

第三章
六七十年代舊書店及舊書攤 107

舊書業購貨經驗 108

港島到九龍的舊書店與舊書攤 114
「出口書莊」的出現 140
各大書莊的興衰 147
與日本及台灣同業的往來 156
澳門收書好地方 159
報價單由手抄轉打字 163
神州舉辦「魯迅逝世三十九週年紀念展覽」 165
海外回購《魯迅畫傳》 168
專業人士購書趣事 174
談昔日重印本 179

第四章
八十年代至今的轉型及展望 187

父親退休到店幫忙 188
八十年代兼營懷舊文玩雜物 191

初版序一
在行人語

小思

我很尊重在行的人，更尊重有志、有心、有情的在行人。在行人專誠講在行話，不必別人稱他為專家或學者，他的話總會有用的。

我對歐陽文利兄說：「此書不是為你自己而寫，而是作為保存一份香港舊書業的歷史紀錄，你有責任寫。」其實這段話不是三年前我對他說，早在十多年前，神州搬到柴灣這一大變動時，我就想對他說，只不過偶然似閒談幾句，他卻不在意而已。自從舊書拍賣網開始盛行，買賣舊書變成急進功利消費模式，我就預料我們這一輩淘舊書者，一直嚮往逛舊書店的風景不再，找個在行人細作描繪，事在必行。

《販書追憶》一書，就在我半邀半逼情況下，用三年多完成了。

我也算此書第一個讀者。每讀一章，就增添一頁香港舊書店知識。對神州及其他早已不存在或現今仍在的舊書店故事，描述都詳略有序，令人得以了解舊書業的清楚面貌。內容既有人情，也有行情，如此材料軟硬兼備，是可貴的文化底蘊。

許定銘、林冠中兩位也是在行人，序言都有中的之言，在此我倒想多說幾句。

倫哲如讚孫殿起「強記」「心細」。歐陽兄也有這兩項能耐。在沒有電腦的年代，他可以對經手買賣書刊、版本、出處，買者賣者的愛好、風格，都記得一清二楚。但他只說應說的、可說的資料，多餘閒話，從不講論。

我沒機緣親睹早年的北京琉璃廠上海城隍廟舊書店風光，沒資格評論各店面貌。憑我幾十年逛香港舊書店的「履歷」，神州是我所見特具強大搬與擺書力量的書店。不止搬店次數多，每店擺放書刊的次序調動情況，竟然也多得出奇。文利兄對手頭書刊都處理得乾淨齊整，按他自己編排習慣放置，這大概與他最初入書店這行訓練有素有關。

我一向買舊書，都不講價，因為人家買入舊書，有眼光、有運氣、肯勤勞，還要找地方收藏一段時間，加上時代背景影響種種因素，書的身價自有變化。賣者付出不少心力、時間，他定了個價，就是他應得的。但近幾年，自從流行網上拍賣的方法後，書價已經不再由售者決定，甚至有些售者因有價有市而亂抬高價，淘書者遂再無「淘」之樂，卻要看自己的財力足不足了。神州也參與網上拍賣行列，但在書架上仍有價錢合理、我能力可應付而淘到可用的書刊，故令我仍有淘書之樂。

當年文利兄用今日看來極低端手工作業式工具出版了《魯迅畫傳》《魯迅研究與新文學研究參考書目》等小冊子，對欠缺文學資料年代的現代文學研究者來說，簡直一場功德。他獨力出版些資料小冊子，還是似送似賣的面世，好像沒甚麼人提過。我用過，卻沒謝過他。在此，我禁不住岔開一筆：在強調知識產權、版權在握，應嚴守法律的今天，「翻版」書刊是侵權罪行，可是在當年，如沒香港眾多出版社的「翻版」製作，我們這一輩怎知道有《魯迅全集》未收作品、王瑤的《中國新文學史稿》、巴金小說、卞之琳《魚目集》、王辛笛《手掌集》，以及柯靈、唐弢、黃裳等各種散文集……。八十年代，祖國開放改革，香港中文大學及文化界開出名單，邀請以上各位到香港來，出席學術研討會，公開與外界見面，成為現代文學界盛事。交流時，他們都先後不約而同發出疑問：香港讀者怎會知道在中國現代文學史中長久缺席的他們？第一位問我的是王瑤先生。到如今，我仍未想通他日如有人寫香港出版史，該怎樣評寫這些翻版書的功過。

在神州，我買到極多珍貴的好書刊及有用資料，更神交了無數專業的藏書、讀書、用書人。讀着他們用心用過的書，我常感恩。書的來去聚散，有定數，有緣分，通過神州，我們結緣了。

二〇二一年五月二十八日

初版序二
細說神州五十年

許定銘

神州書店主人歐陽文利兄囑我為他的新著《販書追憶》寫序，非常高興。雖未見其書，不過心裏明白，知道我必會第一時間捧讀此書，今次能趕在出書前先睹為快，故一口答應。前此在網路上讀新亞書店主人蘇賡哲兄的《舊書商回憶錄》，餘味無窮，不知是否已在整理排印中？如能與文利兄的《販書追憶》同時面世，當是香港舊書壇的盛事！

《販書追憶》其實是文利兄的回憶錄，全書收文二十四篇，大致可分為兩部分，此中〈為生活未畢業入行〉〈掌管舊書買賣〉〈到廣州、上海訂貨〉……到〈創業經歷的苦與樂〉及〈租約作廢，眾人相助買地舖〉等十二篇，記述了他從小學未畢業即入行、苦讀、奮鬥、開業，到成為舊書業翹楚的經過，和一般成功人士的傳記無異，都是由血淚與毅力累積而成的成就；所不同的是「舊書」這個行業比較特別，一向不受人注意，大部分讀者都未接觸過，題材獨特，引人入勝，細讀之更見趣味無窮。

另一部分則是香港舊書業，自上世紀五十年代起，至現在的實際情況；歐陽文利與神州舊書店，一直是這個時期的重鎮，見證了香港舊書業的盛衰，《販書追憶》不僅僅是文利兄的回憶錄，還是一部擲地有聲的香港舊書業史！

此中我特別有興趣的是〈舊書業購貨經驗〉〈港島到九龍的舊書店與舊書攤〉〈「出口書莊」的出現〉和〈各大書莊的興衰〉幾篇。舊書業最重要的是貨源，很多談買賣舊書的文章，談到進貨時多只說到康記和三益，頂多再加上何老大的書山，少有像歐陽文利說得那麼細緻的，如卑利街斜路的李伯、鴨巴甸街口的「大光燈」，等等，所描述的書店的所在地、人物的外號、賣些甚麼書，都似賬單的清晰，可見其真實性，尤其吸引。

談舊書的文章中，我首次在《販書追憶》讀到「書莊」。事實上很多人都不知道「書莊」是甚麼。其實「書莊」即是「莊口」。舊日有些稱為「莊口」的出入口形式公司，專門由本地把生活必需品運到許多華人聚居的南洋、歐美等城市。書，是精神食糧，也是必需品之一，所以間中也有運書的，不過不多，而且多為通俗的流行書，但間中也有例外。七十年代我就曾經在某莊口中購得近二百本無名氏的絕版書《露西亞之戀》，是我個人大批買賣舊書的首次經驗。

歐陽文利口中的「書莊」，就是指純以書籍出口，賣給外地圖書館的樓上專門店。這些書莊雖然專做外埠生意，但長年累月也有不少貨源積在店內，故此，也做門市的。只要你知道門路找上門去，他們也會讓你在架上選購，因為那些多是大批買回來時的配角，所以價錢也不貴，我就曾在某書莊以三十元買過葉紫的《豐收》（上海奴隸社，一九三五），此書十分罕見，畢生從未遇見另一冊。

在歐美圖書館大批到香港搶購舊書的七八十年代，這種書莊是相當多的，歐陽在書中提到智源書局、萬有圖書公司、遠東圖書公司、實用書店、集成圖書公司等，他不但清楚地講述書店的經營模式，連老闆的出身都知之甚詳，實在難得。

我是一九七二年首到神州的，當時店內絕版罕見的新文學作品還不少，我如獲至寶，次次有斬獲。至今仍印象深刻的，是端木蕻良的《江南風景》只賣二十，是平靚正。北京賣舊書的大亮，專賣中國新文學絕版舊書，他的店舖是我每次上京買舊書必到之處。而在《販書追憶》中提到，大亮年年來港，到神州貨倉購貨甚多；我從大亮手中所得新文學書，相信不少亦來自神州，可見神州的貨倉是個舊書的聚寶盆。

一九六六年創業的神州，至今已超過五十五年歷史，拙文題為〈細說神州五十年〉是取其整數。事實上，神州如今已是第二代接手，下次再有人談神州，隨時是〈舊書業的百年老店神州〉了！

二〇二一年二月

初版序三

書與人的緣分

林冠中

記憶有些錯亂，我無法記起到底哪年首次到訪神州書店？

繞過石板街，沿着斜路，走到士丹利街。人總是這樣，錯過的必然記得。那時期迷上書話，視為指路燈。每逢週末逛神州舊書文玩，成了習慣。最記得那日甫上閣樓，與歐陽兄的弟弟提及想找黃俊東《現代中國作家剪

「熟客優惠，每本五十元。」當下全要了。這五本都是天地圖書早期初版書。日後，陸羽茶室茶敘，我詢請張大姐，得知書籍離散背後的故事。聚散有時，流傳知音，每有注定。

歲月如梭，關於舊書的故事，一千零一夜也說不完。自中環士丹利街三十二號，追跡柴灣利眾街四十號。「神州」於我，不單是一間書店，也見證了個人淘書行腳。歐陽先生《販書追憶》，既是回憶錄，也是香港舊書業見證史。前輩邀後輩作序，有意扶攜，秉承古風。書與人的故事，從來動聽，彼此有心，即為因緣。

二〇二一年二月一日

影》，他說：「哎呀，剛剛有客人買走了，才十五分鐘前的事。」還有一次，歐陽先生遞來「星期小說文庫」，大約二十多本。那些作家，我都不認識的。當時沒有買下來。多少年後，才知道那批書是蔡浩泉主編的四毫子小說系列，西西第一本書《東城故事》也收列其中。那是九十年代末我剛起步買舊書的事了。即在當年，這批書也極為罕見，以後未曾再遇。

從此學乖了。歐陽先生遞來甚麼書，我幾乎都要。十年前農曆新春，我陪台灣書友到訪。歐陽先生推介阿甲《抒情小品》：「作者簽贈金庸的，這個『阿甲』應該不是一般人。」我馬上要了。回家一查，「阿甲」就是「陳凡」，《三劍樓隨筆》作者之一，另外兩位是金庸與梁羽生。

春去秋來，成了熟客，歐陽先生不以後生稚嫩，每每多加照顧。爾後，我收藏路向轉到香港文學，開始蒐集相關期刊，懇請代為留意。未幾，神州收到《素葉文學》創刊號，接連二十多本，馬上來電通知。那次真開心，我一口氣入藏素葉最難得的期數。董橋先生〈在馬克思的鬍鬚叢中和鬍鬚叢外〉名篇，正正收於第一至四期。

初出版的。結賬時囑咐幫忙收集後面期數，歐陽先生一口答應一百多本《號外》雜誌，這批是八九十年代以降，正好承接先前買下的三十多本。歐陽先生說，書主也是老客人。他居中協調，這批雜誌才能以低於市場價格拿下來。只要歐陽先生答應的，必然用心留意。此老派書店作風，珍惜讀者，守護書友。

書似青山常亂疊，老店幾十年倉存，最多寶貝。書友嘗回憶，中環舊店書架頂層擺了一堆黃裳《錦帆集》，讀者有緣買到，交相稱頌。每逢台灣書友來港，託我帶路逛書肆，第一站必訪神州書店。余光中絕版詩集《鐘乳石》，六十年代初於香港印行，神州尚有倉存。寶島書友買到了，驚呼連連，以為奇跡。我也買到英培安第一本詩集《手術檯上》（五月出版社初版，一九六八），還是簽贈作家陳若曦的。

淘書講緣分。那次機緣巧合，得窺待整理只供網售的書架，我瞄到《荳芽集》第一至三集、《家明與玫瑰》與《曼陀羅》，這幾本書用橡筋捆在一起，貼着「簽名」便條紙。我好奇翻開扉頁，亦舒簽贈「敏儀」。遂厚顏詢問：「賣嗎？多少錢？」歐陽先生厚道：

前言

三年前某天，我在柴灣店鋪內整理有關書店資料的書話類書刊。那時我正喜歡收藏這類書籍，每每看到一本舊書背後的版權頁貼有該書出版方的標誌，但這書店已不復存在，結束營運好些日子了。

此時與剛到店淘書的小思老師談及，彼此都慨嘆香港舊書店的此起彼落，有多少舊書店能在租金高昂的香港立足，且營運幾十年都屹立不倒的呢？真是寥寥可數。繼而

談及琉璃廠孫殿起老前輩、張靜廬、三聯鄒韜奮等前輩敬業樂業的精神事跡，老師笑說我從事舊書業五十多年，可謂見證了舊書業的變遷及興衰，鼓勵我把知道的、經歷過的寫出來，讓後人也多一個機會涉獵舊書業在香港的舊跡與現狀；以我在這行打滾幾十年的經歷，告訴年輕一輩，香港這現代都市還存在差點被世人遺忘的一小眾舊書店的歷史。

於是我硬着頭皮以有限的文筆着手書寫，把舊的回憶、舊的經歷一點一點地以文字呈現出來，每完成一篇我都電郵給老師看，多得老師不辭勞苦地幫我修改文字，考究正誤，還出心出力聯繫出版社，她的熱誠令我感動！但我這人較懶散，有時很長時間都未能完成一篇，就有放棄的念頭。老師則平心靜氣地向我解說：「此書不是為你自己而寫，是作為一份舊書業的歷史紀錄，這份紀錄你也有責任，也可為保存一些歷史文化印記出點力。」因此便有了我這本《販書追憶》面世。

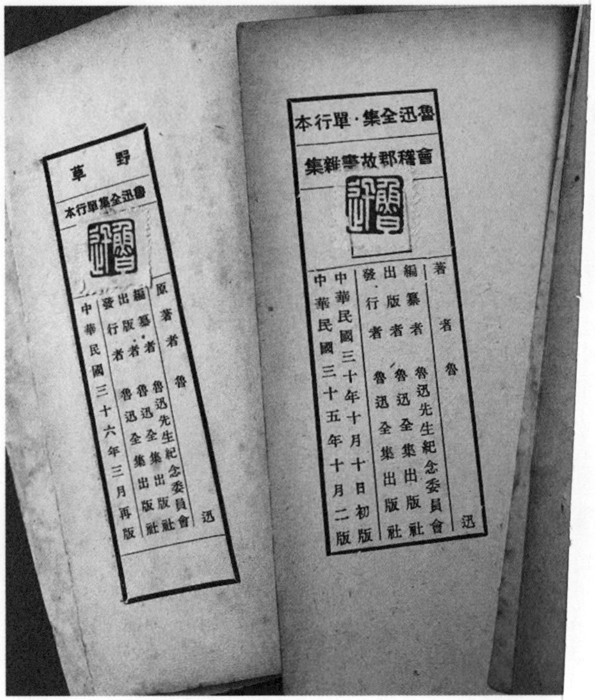

神州經手的蓋有魯迅印章的圖書

我沒機緣親睹早年的北京琉璃廠上海城隍廟舊書店風光，沒資格評論各店面貌。憑我幾十年逛香港舊書店的「履歷」，神州是我所見特具強大搬與擺書力量的書店。不止搬店次數多，每店擺放書刊的次序調動情況，竟然也多得出奇。文利兄對手頭書刊都處理得乾淨齊整，按他自己編排習慣放置，這大概與他最初入書店這行訓練有素有關。

我一向買舊書，都不講價，因為人家買入舊書，有眼光、有運氣、肯勤勞，還要找地方收藏一段時間，加上時代背景影響種種因素，書的身價自有變化。賣者付出不少心力、時間，他定了個價，就是他應得的。但近幾年，自從流行網上拍賣的方法後，書價已經不再由售者決定，甚至有些售者因有價有市而亂抬高價，淘書者遂再無「淘」之樂，卻要看自己的財力足不足了。神州也參與網上拍賣行列，但在書架上仍有價錢合理、我能力可應付而淘到可用的書刊，故令我仍有淘書之樂。

當年文利兄用今日看來極低端手工作業式工具出版了《魯迅畫傳》《魯迅研究與新文學研究參考書目》等小冊子，對欠缺文學資料年代的現代文學研究者來說，簡直一場功德。他獨力出版些資料小冊子，還是似送似賣的面世，好像沒甚麼人提過。我用過，卻沒謝過他。在此，我禁不住岔開一筆：在強調知識產權、版權在握，應嚴守法律的今天，「翻版」書刊是侵權罪行，可是在當年，如沒香港眾多出版社的「翻版」製作，我們這一輩怎知道有《魯迅全集》未收作品、王瑤的《中國新文學史稿》、巴金小說、卞之琳《魚目集》、王辛笛《手掌集》，以及柯靈、唐弢、黃裳等各種散文集⋯⋯。八十年代，祖國開放改革，香港中文大學及文化界開出名單，邀請以上各位到香港來，出席學術研討會，公開與外界見面，成為現代文學界盛事。交流時，他們都先後不約而同發出疑問：香港讀者怎會知道在中國現代文學史中長久缺席的他們？第一位問我的是王瑤先生。到如今，我仍未想通他日如有人寫香港出版史，該怎樣評寫這些翻版書的功過。

在神州，我買到極多珍貴的好書刊及有用資料，更神交了無數專業的藏書、讀書、用書人。讀着他們用心用過的書，我常感恩。書的來去聚散，有定數，有緣分，通過神州，我們結緣了。

二〇二一年五月二十八日

初版序二
細說神州五十年

許定銘

神州書店主人歐陽文利兄囑我為他的新著《販書追憶》寫序，非常高興。雖未見其書，不過心裏明白，知道我必會第一時間捧讀此書，今次能趕在出書前先睹為快，故一口答應。前此在網路上讀新亞書店主人蘇賡哲兄的《舊書商回憶錄》，餘味無窮，不知是否已在整理排印中？如能與文利兄的《販書追憶》同時面世，當是香港舊書壇的盛事！

《販書追憶》其實是文利兄的回憶錄，全書收文二十四篇，大致可分為兩部分，此中〈為生活未畢業入行〉〈掌管舊書買賣〉〈到廣州、上海訂貨〉……到〈創業經歷的苦與樂〉及〈租約作廢，眾人相助買地舖〉等十二篇，記述了他從小學未畢業即入行、苦讀、奮鬥、開業，到成為舊書業翹楚的經過，和一般成功人士的傳記無異，都是由血淚與毅力累積而成的成就；所不同的是「舊書」這個行業比較特別，一向不受人注意，大部分讀者都未接觸過，題材獨特，引人入勝，細讀之更見趣味無窮。

另一部分則是香港舊書業，自上世紀五十年代起，至現在的實際情況；歐陽文利與神州舊書店，一直是這個時期的重鎮，見證了香港舊書業的盛衰，《販書追憶》不僅僅是文利兄的回憶錄，還是一部擲地有聲的香港舊書業史！

此中我特別有興趣的是〈舊書業購貨經驗〉〈港島到九龍的舊書店與舊書攤〉〈「出口書莊」的出現〉和〈各大書莊的興衰〉幾篇。舊書業最重要的是貨源，很多談買賣舊書的文章，談到進貨時多只說到康記和三益，頂多再加上何老大的書山，少有像歐陽文利說得那麼細緻的，如卑利街斜路的李伯、鴨巴甸街口的「大光燈」，等等，所描述的書店的所在地、人物的外號、賣些甚麼書，都似賬單的清晰，可見其真實性，尤其吸引。

談舊書的文章中，我首次在《販書追憶》讀到「書莊」。事實上很多人都不知道「書莊」是甚麼。其實「書莊」即是「莊口」。舊日有些稱為「莊口」的出入口形式公司，專門由本地把生活必需品運到許多華人聚居的南洋、歐美等城市。書，是精神食糧，也是必需品之一，所以間中也有運書的，不過不多，而且多為通俗的流行書，但間中也有例外。七十年代我就曾經在某莊口中購得近二百本無名氏的絕版書《露西亞之戀》，是我個人大批買賣舊書的首次經驗。

歐陽文利口中的「書莊」，就是指純以書籍出口，賣給外地圖書館的樓上專門店。這些書莊雖然專做外埠生意，但長年累月也有不少貨源積在店內，故此，也做門市的。只要你知道門路找上門去，他們也會讓你在架上選購，因為那些多是大批買回來時的配角，所以價錢也不貴，我就曾在某書莊以三十元買過葉紫的《豐收》（上海奴隸社，一九三五），此書十分罕見，畢生從未遇見另一冊。

在歐美圖書館大批到香港搶購舊書的七八十年代，這種書莊是相當多的，歐陽在書中提到智源書局、萬有圖書公司、遠東圖書公司、實用書店、集成圖書公司等，他不但清楚地講述書店的經營模式，連老闆的出身都知之甚詳，實在難得。

我是一九七二年首到神州的，當時店內絕版罕見的新文學作品還不少，我如獲至寶，次次有斬獲。至今仍印象深刻的，是端木蕻良的《江南風景》只賣二十，是平靚正。北京賣舊書的大亮，專賣中國新文學絕版舊書，他的店舖是我每次上京買舊書必到之處。而在《販書追憶》中提到，大亮年年來港，到神州貨倉購貨甚多；我從大亮手中所得新文學書，相信不少亦來自神州，可見神州的貨倉是個舊書的聚寶盆。

一九六六年創業的神州，至今已超過五十五年歷史，拙文題為〈細說神州五十年〉是取其整數。事實上，神州如今已是第二代接手，下次再有人談神州，隨時是〈舊書業的百年老店神州〉了！

二〇二一年二月

初版序三
書與人的緣分

林冠中

記憶有些錯亂，我無法記起到底哪年首次到訪神州書店？

繞過石板街，沿着斜路，走到士丹利街。人總是這樣，錯過的必然記得。那時期迷上書話，視為指路燈。每逢週末逛神州舊書文玩，成了習慣。最記得那日甫上閣樓，與歐陽兄的弟弟提及想找黃俊東《現代中國作家剪影》，他說：「哎呀，剛剛有客人買走了，才十五分鐘前的事。」還有一次，歐陽先生遞來「星期小說文庫」，大約二十多本。那些作家，我都不認識的。當時沒有買下來。多少年後，才知道那批書是蔡浩泉主編的四毫子小說系列，西西第一本書《東城故事》也收列其中。那是九十年代末我剛起步買舊書的事了。即在當年，這批書也極為罕見，以後未曾再遇。

從此學乖了。歐陽先生遞來甚麼書，我幾乎都要。十年前農曆新春，我陪台灣書友到訪。歐陽先生推介阿甲《抒情小品》：「作者簽贈金庸的，這個『阿甲』應該不是一般人。」我馬上要了。回家一查，「阿甲」就是「陳凡」，《三劍樓隨筆》作者之一，另外兩位是金庸與梁羽生。

春去秋來，成了熟客，歐陽先生不以後生稚嫩，每每多加照顧。爾後，我收藏路向轉到香港文學，開始蒐集相關期刊，懇請代為留意。未幾，神州收到《素葉文學》創刊號，接連二十多本，馬上來電通知。那次真開心，我一口氣入藏素葉最難得的期數。董橋先生〈在馬克思的鬍鬚叢中和鬍鬚叢外〉名篇，正正收於第一至四期。

兩年前書展，我有緣在神州攤檔買了三十多本早期《號外》雜誌，大多是八十年代初出版的。結賬時囑咐幫忙收集後面期數，歐陽先生一口答應。三個月後，神州又收到一百多本《號外》雜誌，這批是八九十年代以降，正好承接先前買下的三十多本。歐陽先生說，書主也是老客人。他居中協調，這批雜誌才能以低於市場價格拿下來。只要歐陽先生答應的，必然用心留意。此老派書店作風，珍惜讀者，守護書友。

書似青山常亂疊，老店幾十年倉存，最多寶貝。書友嘗回憶，中環舊店書架頂層擺了一堆黃裳《錦帆集》，讀者有緣買到，交相稱頌。每逢台灣書友來港，託我帶路逛書肆，第一站必訪神州書店。余光中絕版詩集《鐘乳石》，六十年代初於香港印行，神州尚有倉存。寶島書友買到了，驚呼連連，以為奇跡。我也買到英培安第一本詩集《手術檯上》（五月出版社初版，一九六八），還是簽贈作家陳若曦的。

淘書講緣分。那次機緣巧合，得窺待整理只供網售的書架，我瞄到《荳芽集》第一至三集、《家明與玫瑰》與《曼陀羅》，這幾本書用橡筋捆在一起，貼着「簽名」便條紙。我好奇翻開扉頁，亦舒簽贈「敏儀」。遂厚顏詢問：「賣嗎？多少錢？」歐陽先生厚道：

「熟客優惠，每本五十元。」當下全要了。這五本都是天地圖書早期初版書。日後，陸羽茶室茶敘，我詢請張大姐，得知書籍離散背後的故事。聚散有時，流傳知音，每有注定。

歲月如梭，關於舊書的故事，一千零一夜也說不完。自中環士丹利街三十二號，追跡柴灣利眾街四十號。「神州」於我，不單是一間書店，也見證了個人淘書行腳。歐陽先生《販書追憶》，既是回憶錄，也是香港舊書業見證史。前輩邀後輩作序，有意扶攜，秉承古風。書與人的故事，從來動聽，彼此有心，即為因緣。

二〇二一年二月一日

前言

三年前某天，我在柴灣店舖內整理有關書店資料的書話類書刊。那時我正喜歡收藏這類書籍，每每看到一本舊書背後的版權頁貼有該書出版方的標誌，但這書店已不復存在，結束營運好些日子了。

此時與剛到店淘書的小思老師談及，彼此都慨嘆香港舊書店的此起彼落，有多少舊書店能在租金高昂的香港立足，且營運幾十年都屹立不倒的呢？真是寥寥可數。繼而談及琉璃廠孫殿起老前輩、張靜廬、三聯鄒韜奮等前輩敬業樂業的精神事跡，老師笑說我從事舊書業五十多年，可謂見證了舊書業的變遷及興衰，鼓勵我把知道的、經歷過的寫出來，讓後人也多一個機會涉獵舊書業在香港的舊跡與現狀；以我在這行打滾幾十年的經歷，告訴年輕一輩，香港這現代都市還存在差點被世人遺忘的一小眾舊書店的歷史。

於是我硬着頭皮以有限的文筆着手書寫，把舊的回憶、舊的經歷一點一點地以文字呈現出來，每完成一篇我都電郵給老師看，多得老師不辭勞苦地幫我修改文字，考究正誤，還出心出力聯繫出版社，她的熱誠令我感動！但我這人較懶散，有時很長時間都未能完成一篇，就有放棄的念頭。老師則平心靜氣地向我解說：「此書不是為你自己而寫，是作為一份舊書業的歷史紀錄，這份紀錄你也有責任，也可為保存一些歷史文化印記出點力。」因此便有了我這本《販書追憶》面世。

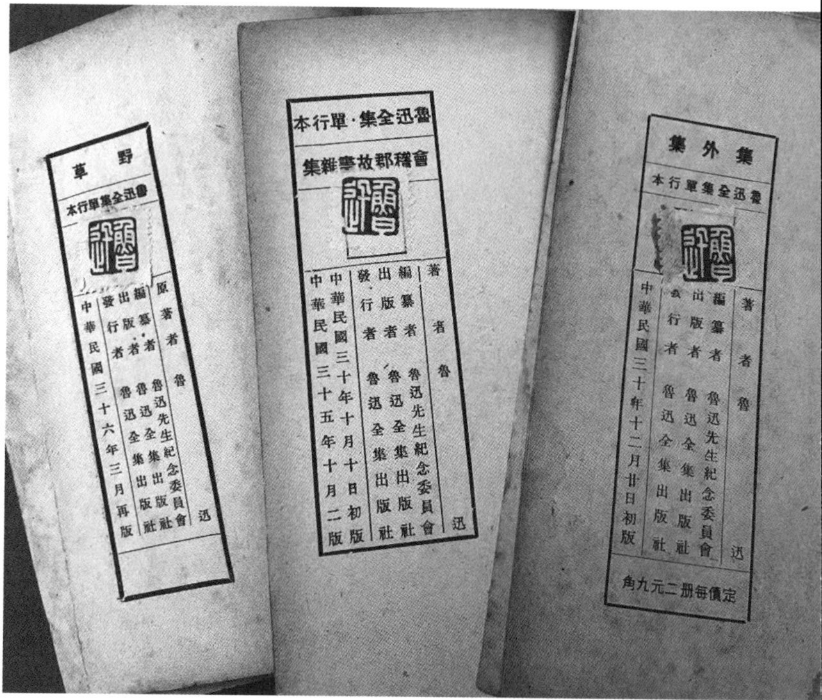

神州經手的蓋有魯迅印章的圖書

第一章

進入舊書業

為生活 未畢業入行

一九五七年，我十三歲讀小學六年級上學期時，因家庭困難，早有小學畢業就要出外工作的心理準備；心想還有半年可以有小學畢業證書，到時拿着證書找工作，十分自豪。想不到四月尾，父親說：「我托朋友替你找到一份賣舊書工作。」我回說：「等我畢業後再算吧。」誰料父親嚴肅地說：「搵食要合時，不能以喜歡和意願出發。難得機會，要把握。畢業後更多人搵食就麻煩了。」我當時雖不願意，但也不能堅持，只好硬着頭皮見工。

父親帶我到中環一條斜路（雲咸街），記憶中是十七號左右的唐樓三樓。推門一看，靠牆書架放滿線裝書籍，圍成一週，近窗有兩張面對面擺的書枱，中間有一張大圓枱。還有兩間梗房，一間是睡房，一間作寫字樓佈置。廚房和廁所已堆滿未拆的木箱和麻包紮成的貨包。單位總面積六百呎左右，但未掛招牌。屋內有三四人工作，都是男士。其中一位約三十歲的高瘦男士，自我介紹是此店經理彭可兆先生。他說：「公司現籌備開業，今天是五一勞動節，歡迎你來工作。你的工作是由頭學起，見工作就做，逢星期一至六返工，每天朝九晚六，包食包住。星期日輪流看舖，每月大約輪班兩次。薪金每月一百元港幣，過年有雙糧，現按你返工時間計算明年過年就有半份雙糧。你覺得怎樣？」我當時不懂，不知如何對答，但父親連聲說可以接受。接着父親先走了，留下我。入行初諸事陌生，這就是我平生第一天打工。值得記念。夜間彭經理託人買青島啤酒數瓶，一碟廣東滷味，自行煮飯，同賀五一勞動節。這是我第一次嚐到祖國啤酒的味道！

起初光看着別人工作，自己沒事可幹，給經理發覺了，叫我整理線裝書，按順序疊好。記憶中有位約二十多歲自稱劉偉強的，我叫他大師兄，日後學習都是劉兄指點，其餘兩位我都忘記名字了。中午時分，劉兄帶我到中環洋務工會飯堂吃飯，飯後回公司再工作。直到六時又到飯堂吃飯。一九五八年後，書籍工會有了自己的飯堂，在威靈頓街二十八號五樓，靠近鏞記酒家。晚間我用能摺起的尼龍牀睡在舖中書架邊，採用朝拆晚行方式，這樣度過八年時光。

一九五八年，店搬到都爹利街中和行四樓，開始有門市部，規模大過雲咸街四倍，也掛出招牌——集古齋，終於正式營業了。最初我的工作主要是送貨，記憶中要去送貨的地方有蘇記書莊，在銅鑼灣百德新街；往大佛口唐樓內寶蓮寺筏可大師住所送佛經；到跑馬地給學者送書，包括碑帖專家羅元覺、香港大學陳君葆、勝家衣車代理李啟嚴先生、商務顧問黃蔭普老師等。從送貨中觀察到各人對書籍的熱愛與讚賞，開始感覺書籍不只是一種貨品，而是具有感情價值的。

勤學書業知識

一九五九年，集古齋在北角商務廠內增設了貨倉，我被派去工作。最初負責拆包取書清點，學習寫卡片作記錄。可惜自己學歷太淺，分類當然不懂，識字困難，錯漏百出。感謝貨務主任李欣先生教導，拿本中文字典叫我每天撕一頁，記熟字音、解釋、字義、詞句。又教我經史子集，以《書目答問》作藍本，死讀硬記四部基本分類。由於每天下午三時要從貨倉取書回舖，我就利用坐巴士或電車時間翻閱，遂積累了不少知識。過了一年左右，公司管理層認為貨倉在北角離門市太遠，且很多同事工作不到一年便辭工，人手短缺，所以打算把貨倉搬到中環上亞厘畢道，對於安排人手睇舖會更便利。

集古齋以賣線裝書籍為重點，貨源加插佛經、民國時期出版物《萬有文庫》《叢書集成》《小說月報》、內地重印大型線裝書《求恕齋叢書》《十五家年譜叢書》等；但後來又發展另一主流，就是現代中國書畫，售賣名家如齊白石、黃賓虹、傅抱石、李可染等人的作品。我開始加入行列，賣字畫、開展覽會、負責看檔。集古齋最初在聖約翰堂的偏堂租了個單位售畫，約半年後，就租干諾道華商總會，一年後再租大會堂展覽廳。一九六三年，集古齋轉租中和行二樓全層，分兩部分，售書和賣畫，結束到處租地方賣字畫的日子。

在這段日子中，黃蔭普老師的演講令我茅塞頓開。一九五九年，黃蔭普開辦講座，講題是「書店人員應有知識」。我好奇參加了，會場約五六十人圍坐着。我看見一位身材高大、穿着光鮮、打着領呔的男士，他就是商務顧問黃蔭普先生。當晚講座有四個小時，談論不少在書店工作的必備條件。記憶中有五大重點：

一、不要小看自己，認為賣書是沒有出息的行業。張元濟和鄒韜奮都是書業界代表人物。《販書偶記》《琉璃廠小志》的作者孫殿起、主編《中國出版史料》的張靜廬都是著名學者。

二、書店店員工作態度，認真和不負責任只是一線之差。

三、書店工作博大精深，要跟着時勢跑。

四、學好基本功，懂得查字典，懂得有關書業專書，例如《四庫全書簡目》《新書目》《叢書綜錄》等。想懂得分類，最簡單方法是從《萬有文庫目錄》《叢書集成分類目錄》《四部叢刊》這三套叢書入手看，按分類列好便懂。

五、豐富知識。學習各項歷史知識，多看專業歷史（哲學史、政治史、經濟史、文化史、自然科學史等）。最好先看小冊，即最初可以看《學生文庫》《萬有文庫》《大學叢書》，由薄到厚，這樣知識會更扎實。興趣濃的多看及深入研究，利用自己陣地方便，多看書又不用錢，而這種享受、收益和財富是自己的。

黃老師還教我們，拿起一本書，最先看書名，再是作者姓名、書中目錄、序言和後跋。書封面和封面簡介能增加我們對該書的認識。最後喜歡書而收藏書更好。真是「聽君一席話，勝讀萬卷書」。這幾十年來我都在推敲老師的教導，得益良多。

攝於集古齋，上為作者（1958 年）

集古齋同事

調到啟文書局工作

我在集古齋工作一年半左右，約二月份時，彭經理傳我入辦公室一談。他說：「你已工作一年多，累積了一些經驗。現派你到威靈頓街地下門市部工作，那裏有兩位先生，一位是李渭昌先生，你的上司，負責調派你工作；另一位是梁性靈先生，他是啟文書局創辦人，早年在旺角彌敦道開店，賣新書和文具，現改為售賣中文舊書。這次委派你到那裏開開眼界，也藉此當作是一個學習的機會。」

啟文書局最初在威靈頓街六十二號，前身是一間餅店，門口很闊，在這裏做了一年左右，便搬到斜對面二十九號，兩間鋪的裝修是一樣的，兩旁及正面都是書架，中間放四張大書枱，這四張書枱在晚間便變成兩張睡牀，我和李渭昌先生各佔一張。

當年威靈頓街和荷李活道都是著名的文化街，六十二號裝修半個月便完成，三月初開張大吉。當時工作人員除了李先生、梁先生和我之外，還請了位女士黃姑娘負責收銀工作，她就是商務印書館徐禮川經理的夫人。舊書由集古齋供應，集古齋把民國舊書交啟文銷售，業務包括零售、批發，集古齋只賣線裝書和現代字畫。

起初啟文門市工作十分清閒，顧客以集古齋的熟客為主，還有李啟嚴先生、羅元覺先生及一些中學教師等。但逐漸發覺有一些顧客，進來看看書背價目便走，我們覺得很奇怪，後經打聽，才知道他們是舊書業的同行。他們來比較價格後，便向荷李活道走。當時賣舊中文書的書攤大多數在荷李活道，開門市賣中文舊書的，啟文可算是第一間。剛好海外圖書館爭購中文書，給予啟文很大的機會。

威靈頓街六十二號租約滿後，搬到二十九號，地點更優勝。相鄰是廣智書局，對面是智源書局。智源書局職工多次介紹日本人來購買中文舊書，有一次所買的舊書數量佔了啟文店舖內書量的一半，再由智源負責付款及包裝。(因為當時日本外匯管制很嚴格，日方購書不能付外匯，由智源以購日文書與日方賬目對銷方法處理。）美加圖書館時有華人帶西人來訂購舊中文書，所以啟文的生意比在六十二號舖時多了一倍，需要聘請懂得英文的女士負責外埠工作。

多方面開拓營銷

最初啟文門市沒甚麼生意，貨品以燕京大學出版的引得、年鑑、《萬有文庫》《叢書集成》等大型叢書最受歡迎，但都是批發價賣出，很快便售罄。大學還委託啟文購《小說月報》創刊至終刊，啟文托集古齋從上海購得，同樣也高價售出。外埠訂單，得下一番工夫才能取得生意。

海外圖書館或研究單位人員，利用職權看到啟文的訂單，交給自己人作同業折扣，這點也可接受。但後來為得到更多的利潤，便把訂單抄了目錄在全港選購，因訂單可以保留半年交貨。我店則採取專門報價，如向芝加哥大學圖書館發出訂單，其他海外機構則不發，這做法初期不見效，要過幾個月才漸見成效。原來海外圖書館制定的訂單，經過多層工作，中文書名翻譯成英文、購書以教學為核心，例如某教授教方言，於是有關方言的書便盡力搜集，而且要快。海外機構的經費以撥款形式為主，每個年度一定得花完，下年度便可以申請增加多點經費，以專發訂單可以取得一杯羹的生意。

訂單最初用原子筆抄寫，後用油印紙印，最後自編目錄成冊，這種目錄編寫也給我一個好好的學習機會。做外埠生意，貨源很重要，集古齋的貨源欠缺，查詢原因才知道他們自己也造一份目錄，加強銷貨額。這就難為了啟文，李渭昌與梁性靈二位先生商量自行想辦法自保：

一、黃姑娘向徐禮川經理要求，把北角商務貨倉中的大量民國商務版舊存貨批發給啟文。當時皇后大道中商務開「新風閣」，最初賣點內地剪紙、工藝品，請商衍鎏、麥華三、王雲、李可染等代客潤筆，從中抽取佣金。賣一些《叢書集成》《萬有文庫》《百科小叢書》等商務版書，但全部撕去版權頁，給啟文的書就保留版權頁，價格雖貴點，但因保存了版權頁，顧客和同業也爭相購買。

二、增設「寄售」，也是開拓營銷的辦法之一。

三、直接在香港購貨，其中寄售顧客鄺紹原先生，提議啟文可以在香港書攤購舊書回來，得到李潤昌先生同意，但派誰人處理較為合適呢？派我去是最適合的了。這對於我來說，也是一大接觸外界和學習的機會。我在啟文工作了三年左右，啟文便結業了。沒有交代甚麼原因，於是我又回到集古齋工作。

感激提攜、代報夜校

在啟文書局工作，作為李潤昌先生的下屬，是我的榮幸！不論工作、人事、修養都獲益不少。總結經驗可歸納以下幾點：

一、賣舊書和做時裝一樣，不是越舊越好，永遠都值錢不變，書是會過時的，要明白蘇州過後無船搭。

二、凡事利益不要取盡，保留一點好些，即是退一步海闊天空。
三、不要看低自己，埋怨自己學識淺，不求上進。
四、親力親為是最好的體驗。
五、凡事過得自己過得人。
六、時刻保持敬業樂業精神。

這六點我永遠記在心中，成為座右銘。我入啟文幾個月，李先生代我申請讀夜校中學的學費，我輪班時間以假期為主，夜校一讀便讀了六年。取得畢業證書，心中第一件事，便是多謝李潤昌老師，他讓我完成中學畢業的美夢。離開啟文，李老師贈我一首詩和照片作為紀念，我保留至今。李先生後來也在威靈頓街辦琳瑯閣，可惜我返集古齋而未能繼續受教。

由集古齋調去啟文工作

漢華中學夜校同窗的友誼

在啟文書局工作時，李渭昌經理代我全資申請就讀夜校的經費，並安排值班調配，幫助我完成了整個中學課程，我至今都很感激他。

在漢華中學夜校，我度過了一段歡樂的時光。我在漢華當了兩屆學生會會長，積極申辦全班活動，在班上設立圖書館，組織旅行團到內地參觀。其中印象最深的是這期間學校發生了一次火災，我也參加了學校的救災行動。這些活動加強了我的學習能力和領導能力，為我日後創辦神州鋪下一塊基石。

我們的同學聚會常在啟文書局內舉行，買上雞鴨羊肉，一班男女同學圍在一起大快朵頤，同學間的友誼就這樣建立起來。讀書時最令我感動的是，同學如得知我因放工時間遲而趕不及吃飯就要返學，會代為買飯盒，甚至在家多煮一些飯餸，打包帶回學校給我，讓我在小息時吃。

我們的同學當中有好幾位都住在西環海岸邊，每當颱風到來時，那裏是受颱風影響最大的地方。通常掛八號或十號風球過後不用上班，等風球一解除，大家便會跑到那幾戶同學家逐一慰問，知道沒事，就一起到海岸邊在殘風中玩耍。

夜校的同學大都如我這樣半工半讀，當中女生佔大部分，她們會在附近的小規模山寨工廠做玩具公仔和假髮，但開工日子很不穩定，時有時無，因而若知道哪裏招工，同學間都會互相通知。有位女同學在漢華讀了兩年後便轉到澳門鏡湖醫院當護士，同學們便多次組織一起到澳門探望她，當作短途旅行。

同學間中英文水平各異，但會相互幫助，某科較強的同學會輔導該科較弱的同學。我英文較弱，會請同學輔導我；我中文及歷史較強，亦會幫助有需要的同學。我創立神州後，因業務需要購買了打字機，是同學教我使用，外國圖書館文件亦是同學協助我翻譯。所以夜校同窗之間建立的這份友誼最純真、最牢固，亦最深厚。

再返集古齋

一九六一年十月再返集古齋，他們為我安排小型的歡迎晚會，彭經理向眾人簡單介紹我的履歷，表彰我是集古齋的第一代職工。那時集古齋的職工人數已有很大變化，相當於雲咸街和中和行人數的五倍以上，可說是人強馬壯，工作分工更細緻。二樓門市部書籍方面，請新風閣的李慶池先生主理；書畫部則由彭可兆經理主理，聘請黃般若作顧問；四樓原來的門市部改為辦公室，三樓是貨倉。我返回集古齋就是被調派到貨倉工作。

彭經理吩咐我協助大師兄劉偉強工作，全面學習與圖書相關的工作和定價。當時集古齋的定價，是按內地來貨價，再加上相應百分比作價出售。早期貨物來港，顧客李啟嚴、羅元覺、蘇記書莊、萬有圖書公司等同業會幫忙拆箱，取走各自需要的書籍，自找地盤堆起圖書，然後等大師兄計算，在原價基礎上加上相應百分比，兌換成港幣，開單結算便成交完畢。

我覺得這種計價方式太刻板，完全受制於來貨價。建議先把來貨入倉，再按貨品的珍貴程度、需求量大小來衡量新的售價，不應按匯率計算再加倍定價。這新的作價建議給集古齋傳統定價方案帶來很大爭議，討論一個月左右，最後決定採用我的建議，暫作試行，跳出以內地來貨價計算的方法。原來當年中藝的舊文物藝術工藝品也是按來貨價計算的，看來按需求來定價，集古齋可算是先行者了。

集古齋購入內地舊書，以上海為主要供應商。上海供應商寄目錄來，讓我們挑選，有時他們主動發貨來，我們都接受。貨品如《古今圖書集成》《小說月報》、商務出版小叢書、良友出版新文學等可以商量處理。主要以文史哲為主，社科佔少量，科技書原則上不要。線裝書則以同治、道光、光緒和民國版為主，沒有乾隆以上的線裝書。

掌管舊書買賣

當時現代書畫生意佔集古齋售貨比重越來越大，由彭經理主責。舊書部門原本由大師兄劉偉強主理，後來不知何因他離職，彭經理向眾人宣告：「舊書部日後由『文仔』負責。」當時我吃了一驚，因為同事年紀都比我大，年紀最大的有五十多歲的黃多文先生，其餘的都是二三十歲的前輩，我只是十八歲的小子，得到經理委以重任，只好硬着頭皮接受。

人工加了一百五十元，升至二百五十元，工作直接向彭經理負責，有甚麼改革必須向經理報告。從工作中我領略到，每天看門市部和批發部的發票底單，即可從中知道圖書的流向和讀者需求，哪些圖書暢銷和滯銷都可得知，繼而按銷量調整書籍的價格。可是那兩個部門卻不願意讓我看單據，我只好向上級反映，細說我的調價方案。最後得到經理的支持，我有權查看底單，對定價有了進一步的建議，銷貨和利潤也隨之蒸蒸日上了。

一九六二年書籍界舉辦大會聚餐，在會上我得到大獎——英雄牌墨水筆一套，也獲得「小火車頭站長」的綽號。

到廣州、上海訂貨

一九六三年五月，公司為我在中國旅行社辦了回鄉證，我就與彭經理一起到廣州，由廣州古籍書店代為申請到上海的相關手續。當時沒有直接由香港赴上海的交通工具，到外省市是需要申請理由，不能隨便想去就去的。

公司代我買手信：香煙、糖果、原子筆、墨水筆嘴、日用品等，還有一件不合我身的大衣。我們由尖沙嘴火車站乘火車到羅湖，過關檢查後到達深圳，再由深圳乘火車到廣州。那時每天只有兩班車，中午十二時班次稱快車，中途只停石龍站，到廣州約一百五十分鐘車程；另一班下午六時開出的稱慢車，站站都停，要晚上十一時才到達廣州。幸好我們乘坐的是快車，當日兩點到達，這是我第一次返內地，覺得樣樣都很新鮮。

彭經理帶我到長堤的廣州酒家午膳，飯後除了付現款還要付糧票。我不明白，於是向彭經理請教，他說：「國家實行計劃經濟，提倡不要浪費。」我不太懂這緣由，但也沒再追問詳情。我們乘坐巴士到廣州兒童公園，在中山四路廣州古籍書店住宿一宵，第二天早上吃過早點，便乘坐火車往上海。

到車站時，廣州書店的負責人送車，帶了一捆甘蔗和香蕉，委託我帶給上海書店的負責同志。當天買的是硬座座位，因軟臥舖很難買到，要證明身份才能買到。車上多是廣東人和外省人，很少香港人，所以他們愛向我打聽香港的情況。但彭經理告誡我不要多說話，所以我只好少作聲為妙。

藝術貨倉挑書，參觀珍藏

第二天早上到達上海，我們在上海華僑大廈住宿，下午拜訪上海舊書店負責人，順道把我帶去的手信轉交他們，而他們也為我們開了個小小的會議，談及舊書出口細則：有關地方志書籍、手稿、乾隆版以上圖書及國家機密文件不得出口，其他書籍酌情看內容處理。我順便問甚麼書籍最容易批准出口，他們說藝術書，如印譜、珂羅版印刷、新文學等。了解情況後，第四天便到貨倉着手採購。

古籍書店的貨倉很大，分類存放十分整齊。我先到藝術貨倉挑書，珂羅版書畫、字帖、印譜全都要，重複本要五本。再到文學部挑選，除了大名家巴金、老舍、魯迅等的作品不要之外，小名家的買了很多。文學期刊也是重複本要五本，尤其是合訂本。第五天看線裝書，不選經部和史部的大型史籍，子部的全要，集部除了文集不要，其他都要。意外發現偽「滿洲國」羅振玉出版的線裝書，在香港很少見，我全都挑選購買了。連上海的負責人都說我挑書為甚麼這麼快，而不是每本看看再決定，這於他來說是很少見的處理方法。餘下的時間，我要求看看不能出口的圖書，看到八開本木版印刷的《袁氏族譜》（袁世凱家族），族譜內先人的畫像，用純金描畫和用珍珠粉填色，真的難得一見！他們還帶我看明版本書籍，還有一部可能屬於宋版本的，還向我介紹鑑定方法，以及明清名人手稿，明拓、宋拓碑帖……的確讓我眼界大開，至今未忘那時的參觀情景。

第六天是星期日，書店貨倉休息，剛好上海舊書店派人到杭州收書，彭經理提議我可與他們一同到杭州一行，順便到杭州書店參觀一下，我當然樂意同行。因此星期日我們早上六時便到舊書店，與工作人員一起啟程往杭州。約十時左右到達杭州舊書店，這裏的規模明顯比上海的小得多。我欲挑選一點貨品，但因他們一向沒有售書給香港的先例，尤其要匯款處理的買賣，說這類交易有待日後再作研究處理，故雖欲購貨卻只能作罷。

此行在字畫廊中看到有幅張大千的小幅石綠山水，標價二元人民幣，注明是偽政府時期張大千畫。我想買下，但負責人說我沒資格購買，要寫證明才能售給我，後來他們因人情關係破例售予了我。但返港後公司要收回，這點是公司規則，我只好作罷。由此可見沒證明，要到其他城市買書是不可能的。第七天我便返廣州，第八天在廣州古籍舊書店購了多套《文物》《考古》及《考古學報》《新華月報》期刊，連同其他書刊約十箱左右。第九天我與彭經理返港，完成第一次北上購貨的行程。

書刊到港，一年售出八成

過了一個多月，在廣州和上海所購的書籍均已寄到港，各同事一起做卡片、編目錄，合力大幹一番。我負責向同業查詢書籍行情，據一位同業說：「《文物》一整套、《新華月報》一整套，如不知道按甚麼價格作售價準則的話，可按《文物》來港有缺期的年份或月份，集齊一套出售，價格可調高一點。」一九五八年後，《新華月報》沒有供港訂購，故若有五八年後的《新華月報》，價格就算貴點，他也全要，「在『滿洲』時代出版的羅振玉編的考古書屬古文物線裝書，從未售過的，可以更高價。新文學書刊賣二三十元都可以出售」。

我於是參照啟文書局報價的方法，對不同圖書館，用不同報價處理。後來的圖書館訂單報價，會比先前的報價貴一些。儘管這樣，各地圖書館的訂單還是一批接一批地連續來了。所以由廣州和上海購回的書刊，不用一年就售出了八成。可是，當我們提出再北上購貨時，得到的回覆是：「暫不能上。」原因是內地當時正值「四清運動」，廣州和上海的書店，都謝絕再合作交易。

我們趕快開會討論應對方法，但一時都找不到良策。那時內地新出供港專業圖書只有幾十本至一百本左右，原來是交由三聯發行，例如《啟新洋灰公司史料》《上海錢莊史料》《礦業期刊論文索引》《中國貨幣史》（彭信威著）等，全歸集古齋銷售，售價比三聯批發價高二十倍以上；科學院出版的考古文物專刊、出土文物報告等專書，要想盡辦法保持高水準銷貨額，但營業額都未如理想。

看來還是要用最原始的方法，我要重出江湖，在香港各區收集購貨，才是應對策略。當時香港舊書攤多，挑書有很多選擇。我跑舊書攤，只挑選民國舊書，每天都可以購得百本以上，有時甚至多達千本。這對於公司來說，都算有所收穫。購入的民國舊書，除了以往較多的文史類、新文學之外，社科書籍數量也大增，售價比普通文史書為高，而年鑑、工具書更值錢，廣東地方志也容易收購得到。但這類地方志資料，原則上是不出售的，所以我們多數轉給廣州各大學收藏，因為我覺得通過轉到廣州各大學，能為廣東保存一些有用的史料，都算是幹了一件有意義的事。

離開集古齋

眼見圖書業務日漸衰落，原來管理書籍的員工有十多人，那時候只剩下三人。公司在營運上也轉變了，決定放棄售書，主力發展銷售近現代書畫。一九六五年初，彭經理對我說：「公司現在主力發展近現代字畫業務，有關舊書銷售會逐漸減少，今後你不用再去買貨了。與我一起搞好字畫生意吧，我對你有信心。」我想不到自己剛在舊書業中掌握了一點知識，就要轉做另一樣陌生的工作，情緒比較低落，但也無奈接受了。

過了一個月，我接到三益書店的電話，說有一二百本三十年代的新文學書籍，叫我去看貨及討價。我趁中午吃飯時段，便立刻到鴨巴甸街三益醬油舖看貨——即後來的三益書店舖內。這批書是不錯的，索價三百元，我自己心癢癢，心中估算這批書拿到店中每本可賣十二元至幾十元不等，總不會虧本的，於是便自作主張，當場拿走，答應明天付款。

怎奈拿回店向出納取款時，出納員不肯支款，要我向彭經理請示才行；彭經理的回應也是一樣，說之前已向我表示過不再收購舊書了，因此不會再支付這批貨款。這回我便處於兩難狀態了，貨拿回來了，錢又沒批下來，明天失信於人，以後怎向人交代？於是懇求公司能否幫這次忙，下次必定先請示再作決定，不再輕舉妄動了。但彭經理堅持不肯，說不能破壞公司規則。我建議說：「不如把書退還三益，我自己掏腰包支付五十元作為賠償予三益，如何？」但彭經理堅持說：「不能因為你代表公司購貨，拿回去又退書和賠償，這樣不講信用，會影響公司日後採購的聲譽。書款你自行想辦法支付吧。」

三百元在現在來說並不算甚麼，但對於當年一個月薪也只不過五百元的貧困打工仔來說，怎麼有能力自己支付呢？於是我提出：「可否由公司暫時借糧給我，貨款在出糧時逐步歸還可以嗎？」但經理還是不肯。情急之下，我說：「那麼賣給同業可以嗎？」這一下彭經理嚴正地說：「若你賣給同業，便當作你辭職處理！你有這樣建議，我們懷疑你利用公司購貨之便，有與同業間作轉手買賣的交易，只是之前沒明確證據而已。」聽他這麼一說，我呆了，怒不可遏，心想自己兢兢業業為公司打拼八年，卻被人這樣誣衊？雙方僵持不下，我亦氣憤難下，不顧一切決定辭職不幹了。

那天是六月二十號，我到出納處收了二十日薪金，剛好也是三百多元，其他雙糧、獎金都沒有發。匆匆取回衣物，拿回三益的購批單及書便離開了。我把這批書存放在我柴灣的同窗家，六時左右返到父親位於九龍的宿舍，第二天到三益交款。這算是我的第一批入貨，也以此結束我的打工生涯。

打工生涯，獲益良多

我十三歲（一九五七年）踏入舊書行業，直到今天。期間曾多次接受記者訪問和傳媒報導，他們都問我是否對舊書行業很有興趣及抱負，還說這是支持環保及弘揚中國文化的工作，很有意義。我都笑着老實回答說：「這實際是為了生活的需要而入行。」假若我沒聽從父親所說，畢業前早半年出來工作，而是一直讀書到取得畢業證書才出來社會工作，那可能我會做其他行業；也因為這個「機會」，讓我一直堅持在舊書行業打滾五十多年。日積月累的工作經驗，積聚的都是關於舊書的知識，若轉去做其他行業，怕從頭學起，擔心做不來。所以即使過程遇到種種困難，接觸及應付各式各樣的人和事，我都硬着頭皮幹下去。期間最難得的是聽黃蔭普老師演講，受李渭昌和彭可兆兩位先生的教導，與集古齋和啟文書局各職工的互相學習。打工生涯八年，恍如到少林寺學武術，經銅人巷硬漢闖關一樣，練得一身功夫。感謝所有給予我工作和學習機會的各人和單位對我的包涵，豐富了我的成長經歷。

回憶集古齋生涯樂事

以往在集古齋的值班工作，類似現在保安員的工作。那個年代沒有特別安排這類工種，一般是由自家公司信任的人擔當，不分職位大小都會輪流當值。值班時公司會配備柴米油鹽，還有電爐和餸菜，包括罐頭、臘腸或麵食等，自己就可以用這些材料準備簡單的一餐。我最初入行時，公司不太放心我自己當值，以二人為一組，過了一年便可以自己一人當一班了。公司中有家室或年紀大的不太願意值班，希望有人替代，剛好我當時年紀小，自己又是家中老大，覺得應在外謀生幫補家計，也不愛困在家裏，所以同事要求替更時，我都會爽快地答應，一是他們會以金錢或物資來作頂班費，二是自己要將薪金的四分之三作家用，剩下的四分之一根本不夠一個月的開支，頂班能有額外收入，何樂而不為？況且值班最大的好處是書籍任你看，我值班時喜愛看書，遇到很喜歡的書，也會掏腰包買來收藏。興致起時還會沖上一杯茶，掛起字畫來慢慢欣賞一番。在集古齋的幾年裏，我看了不少畫冊和書刊，對圖書的認識也增加了不少，這是值班帶給我最大的得益。

另一大樂事是公司每年都會舉辦一兩次本地旅行，組織員工到沙田紅梅谷、大埔新娘潭、離島的梅窩和長洲等地遊玩，令我能有機會認識港九新界多區的風物。此外，公司還津貼我去深圳看白毛女歌劇、天鵝湖和各省歌舞團的表演，最遠的是到廣州觀看「東方紅」表演，增進了我對當時祖國的演藝文化的認識。

最難忘的是公司每年的團年飯，必定筵包到會一席酒，大家相聚同歡。當時的酒席菜單我一直記憶猶新：紅燒雞炖翅、當紅炸子雞、腰果炒肉丁、清湯炖冬菇、菜遠麻鮑脯等。我在集古齋工作的時候，每年都很期待這一餐，可謂從年初等到年尾，也養成了今天的我特別嘴饞，以食為先的性格。

第二章

創立神州書店

創業還是打工的掙扎

自辭工返家後，就面臨再就業還是自行創業的內心掙扎。徵詢父親意見，他說：「現在這局面，做生不如做熟，打工是最好選擇！」我思考了幾天後，覺得父親的話也有道理，於是去從事舊書業的中環萬有圖書公司、灣仔的遠東圖書公司求職，但結果兩間都沒聘用。我估計是他們不想與集古齋存有芥蒂，故不聘請我。其餘的同業只是家庭式作坊為主，工作忙而不夠人手時，便叫家人協助，很少聘請外人。但我當時只熟悉舊書業，不想從事其他行業由頭開始，所以最後決定自己搞點小生意，做自己喜歡的舊書業。

當我向父母講述自己這心願時，卻遭到父親的極力反對。他指出第一，你自己沒本錢，如何創業？第二，你在家中是老大，還有四個弟弟在讀書，家中拮据，要靠你出外做事幫補家計。再加上內地局勢緊張，對於這些文化事業，有打倒舊事物的趨勢（果然過了一年，便是「文化大革命」的序幕了），大學也只注重理科，文科只能做教師，搞文化或與文化有關的行業都沒出路的。

我說：「本錢可以積累的，內地的形勢雖不穩定，這對舊書業或者會更好。因為很多海外大學都增設中國學科，圖書館有需要，會投放很多資源在配購舊圖書方面，只要我手頭有貨，就不愁沒資金回流。」父子倆爭持不下，便轉向問母親意見。母親說：「我明天到黃大仙廟幫你求枝籤，看打工還是自己搞生意好。」

當第二天聽到黃大仙的籤文說，是自己搞生意較好的時候，我真是高興極了，好像上天也贊成我出來創業似的。隔了幾年，我與母親閒談間問起開舖之事，母親才說：「你想自己出來做生意，我是知道的，給你一個機會。生仔知仔心肝，你還年輕，若生意真的做不成，才再打工或轉行也不遲。想來求籤不易成事，於是請算命先生挑選了『做生意好過打工』的籤語，回家向你父親交代。所以父親對你也就沒反對了。」

這裏有個前因：第二次世界大戰香港淪陷，捱過三年零八個月，光復後家人對留港還是回鄉生活，一時拿不定主意，便向黃大仙求問前程，結果留港發展更佳，故父親很相信黃大仙的神力。得到父親不反對，我也承諾依然如打工時一樣，每月上交五百元作家用。我能如願創業，真的很感謝母親對我的暗中支持！

決定創業後，選擇了一個吉日，便算是開張之日。店名還沒有定下來，因初期只做些跑腿交貨給同業的小買賣，還不用商業登記證和銀行收入證明，沒店名也不成問題。

開始獨立經營

我開始每天按時巡舊書攤，走遍香港、九龍找貨，每天都有收穫。交書可賺五十元至百多元，若買到大批書，更可賺幾百元。有一次買《四部叢刊》初編，是在荷李活道康記收到的，是仿林中學舊藏，一轉手竟賺過千元，真比打工賺得多。可惜好景不常，同業覺得給我賺了，倒不如他們自己去購買。其中萬有圖書公司就特聘王海濱老師到荷李活道為公司收書。王老師見貨就買，有「大掃把」的綽號。

後來我賣書給同業，他們還價的價格比我的入貨價還要低，我當然不能接受。於是我想到用寄銷方式，明確定了價目實收。每兩星期結算一次，每次都把大部分書售出，利潤比一批過賣還要高。可是這樣繼續做了兩個月左右，同業又要求折扣，竟壓到六折。我想：「我給你們實價，同業報價加倍，看來利潤比我還好，幹嗎要如此欺負我？」當時書攤貨多，找書不會困難，專營海外的同業也開始自行走出書攤購貨，我覺得自己一定要改變買賣策略，否則鬥不過同行，很容易被人家淘汰出局。那時候就連給家用也沒有着落了。於是決定要自行報價，接外埠圖書館、研究所的訂單，才能獲利賺錢。

記憶中有位新文學作家柳木下先生，當年常用布包着幾本舊版圖書，當中以新文學書為主，拿到一些買主辦公室、家中求售。例如到香港大學中文系辦公室找教授購買，到劉以鬯、許定銘等文化界人士辦公室，甚至葉靈鳳家中去賣。柳木下先生有個特點，要價貴一點，但拿出書來，會對該書評論一番，此書好壞處，都會滔滔不絕。大家尊重老人家，及知道他有生活所需，總會應酬一下，把書買下。這可算是香港舊書買賣一件逸事趣事。在此順帶一提。

首張海外訂單，神州正式成立

重接上文，有了要自行報價售書的決定後，我便搬出父親的職工宿舍，因為每天我在父親的職工宿舍早出晚歸，經常一大包一小包書籍出入，職工家人開始對我有些閒言，父母也感到不方便，趁着創業時機，都是搬出為佳。一九六五年八月，我與同窗租了伊利近街十八號三樓。包租婆何太租給我們中間房，面積少於一百呎，一張上下層牀，一張書枱，一個小衣櫃，每月租金二百元，不准作明火煮食。這住處地點與有眾多舊書店的荷李活道僅一街之隔，十分方便我去購貨。

當時恒生銀行印製留學介紹小冊子，我按上面開列的外國大學地址，細心找尋海外買家。記得在啟文、集古齋看過的海外戶口，從中挑選幾個有規模的購書單位，用手抄目錄，借了朋友的打字機打好英文信封，一併寄去。沒想不到廿天，第一張訂單就來了，來自澳州雪梨（即今日悉尼）的悉尼大學，訂購幾本新文學書籍。

我十分高興，趕緊把書包紮好，拿到郵政局去寄出。再過廿天，大學寄來支票，折為澳幣計算，我拿到寶生銀行找同窗朋友協助處理。他介紹經理給我認識，詳細告訴我，如何取得商業登記證，到銀行開戶口，取外幣存摺、支票簿、港幣存摺等等，並問我要開美金支票戶口否？原來做美國生意一定要有。就這樣，我一一學懂了，取得商業牌照，弄好銀行各種手續。我為書店取名為「神州圖書公司」。一九六六年二月，神州正式成立，開始以「神州」作招牌，正式買賣，從此成為我的一生事業。

創業經歷的苦與樂

回想當年創業經歷，有富含趣味的一面，也有辛苦的一面。因我是白手興家，創業前沒有本錢，靠跑腿收貨來賺錢，資金經常週轉不靈。買貨時必定要支付現金，可賣出去的貨就不一定馬上有現金收回。如遇到同業用支票轉賬的話，又要兩天後才能收到款項，假如適逢週六、日及假期，所需時間還要更長，收入越來越少，弄得資金捉襟見肘。

當時龍文書局許晚成老前輩喜用一種快速套現方法，

就是若商戶支付現金的話，可按書價九八折計算，即每百元減二元。於是我也參照他的收款方式，寧願少賺一點，也要現金快些回籠。果然這方法見效，總算紓緩了一點銀根的緊張。後來若商戶願意收取一個月期票的話，即使他們收取一點佣金，我也支付期票。真感謝老前輩的教導，紓緩了我那時侷促的景況。

而平時一些小數目的週轉，就很感激我的同窗楊錦濤兄，通常一個星期總有機會向他借貸往來一兩次的。數年後，楊兄便移民美國定居，每逢返港，我都會抽空與他敘舊。我敬重楊兄慷慨大量，於是採用楊兄的名字中一個「濤」字，以「頌濤」作為我自己的別號。我請託容庚老師和馮康侯老師為我的書齋「濳研室」賜題墨寶兩幅，上款都是書「頌濤」的。皆因我認為做人處事，信用承諾最重要，且要「得人因果千年記，得人花戴萬年香」。

創業初時真的十分艱難，有時連三餐都不能顧及。我沒有吃早餐的習慣，午餐就隨便用開水和着麵包吃，晚餐則到大排檔吃一元多的碟頭飯，也試過連續兩個多月都吃六角錢一頓的勞工餐。在機利文街的橫巷，有間潮州人開的小檔，只用兩個托盤來盛飯和餸，一角錢鹽水花生（約有二十粒），一角錢肥豬肉（通常都是肥肉比瘦肉多），四角錢有白飯兩碗，這就是能飽吃一頓的晚餐，吃飽已覺得很滿足了。

飯後最大的樂趣便是看書。我不是整本書由頭到尾看完，而是看書的前言、目錄，挑選自覺精彩的章節來看。另一樂趣是每月也有一兩次與同學聚會。很多時都到中環士丹利街的陳泗記買鵝頭連頸，一元一個，一買就買數個，再買兩三支青島啤酒，帶回伊利近街住處，一聚便幾小時，可算是當時的最大娛樂。當時我收入較少，多數是由同學付款的。

設立陳列書室，生意找上門

我在伊利近街租屋一年後，發覺銷售後的存貨流轉速度較慢，積壓的貨也越來越多，單靠報價賣書到外埠，並不能維持。後來我把已經報過價的圖書館訂單交規模較細的同業代為轉售，可是存貨積壓困難問題，依然未能解決。其實海外學者來港次數漸多，但我沒有地方展開推廣推銷，想想應該要有地方陳列自己的貨品給客人選購才是上策。適逢父親職工宿舍要重建，所有住戶必須搬遷，我也忙於為找房而奔波。

經朋友介紹，在皇后大道西高陞戲院附近、雀仔橋對面找到一個位於二樓的單位，約三百呎，還有約三百呎的長走廊和天井。這走廊和天井有上蓋，最適合做一些書架來陳列圖書。我用書架把這地方分隔成住處和陳列書室，把近馬路和窗的一邊設計成兩房一廳，留給父母和弟弟們居住。如此總算把家和陳列室安頓好。父親用他公司給員工到外邊租房的房屋津貼，用作幫補家用，這期間我不用上繳家用，減輕了我的負擔。

過了一個月，生意就找上門了。日本亞細亞經濟研究所小島麗逸先生和他的朋友及同事來港一年，專門搜集中國圖書，在我的陳列室購了一大半圖書，金額有一萬多元。我第一次做了這麼大的一筆生意，真的很開心。以後他們每星期都會來一兩次買書，每次交易都千元以上，成了我最大的客戶，這也使我開始有了一點點積蓄。我用心聆聽他們購書的意向，原來他們喜歡收購中國近現代人文社科書籍如政治、經濟、歷史、文化、傳記、參考工具書等，我就努力為他們找他們需要的書籍。交易多了，他們還贈我一套一九六九年編的《現代中國關係中國語文獻總合目錄》。隨年月增加，我海外的訂單也增多了，為了通訊需要，我在郵政局租了一個郵箱，作為固定的通訊處。

原址加租，搬更大地方

眨眼間兩年過去了，皇后大道西的兩年租約就快到了。業主甘先生要將租金加一倍，我不解，問他為何加租的幅度比坊間貴這麼多？他說：「你造這麼多的書架，都要很多錢吧？若搬到別處，拆了這書架就浪費幾千元了，若再造一批新的，不比加租的費用更多嗎？所以加租的幅度不會變的了，您自行考慮吧。」這業主也太會算計人了。我打算不再跟他續約，況且我認為上環這裏跟中環始終有些差別，若想擴大一點來做生意，應搬到中環會更好一些。而家人與店舖貼在一起也不大方便，加上弟弟們應到更好的地區接受教育，於是我家人選址到灣仔居住，自己的店就在一九六九年十一月搬到中環皇后大道中鹿角大廈六〇一至六〇二室，面積有五百呎，租金一千二百元，租約期為兩年。

圖書放置在六〇一室，吸取之前木書架搬遷就很難重複使用的教訓，這次我用萬能角鐵造書架，居然比鐵書架放置更穩妥。六〇二室放置了一張兩座位的梳化，三張寫字枱，其中兩張自用，一張租給做保險生意的蔡先生，一個電話大家可共用。他願意出租金二百元，但要求六〇二室門口掛上他公司「嘉信保險公司」的名號。見他盛意拳拳，我就沒推卻了。一年半後，嘉信更直接承租了六〇二室，我就只佔六〇一室了。自從租用了鹿角大廈起，我便請了一位陳小姐，負責招持及接聽電話，記錄客戶查詢、處理留言及訂單、向客戶報價、到郵局的郵箱取信、配貨、包裝及寄書等雜項工作。

陳小姐一年半後便離職，換上一位懂英文的梁小姐，能幫忙接待加拿大英屬哥倫比亞大學遠東圖書部主任。這位主任與香港大學圖書館館長簡麗冰也相識的。當年我賣了數百本街坊福利會的特刊給他，並代他找人把特刊製作成精裝，這回就賺了他萬多元。我曾心中暗笑他為何連這類書都會要？原來現在英屬哥倫比亞大學這類資料書，已列作罕見種類特藏了，連香港各大學的圖書館，也少有收藏。我真佩服這位主任的遠見！

搬到中環後，上門購書的客人多了，連美國學者也來了不少。由於萬有圖書公司的寫字樓也在中環，他們的存貨全部放進貨倉，若客人看貨不便，公司主人徐炳麟前輩也會關照一下我這晚輩，帶些圖書館人員到我店挑選一點書，我必定按批發價交給萬有代為寄出，這種互惠，也正是同行長輩對我的幫助。

在鹿角大廈期間，最大收穫是認識了買賣字畫的方仁山先生，他有時拿近現代畫家和書法家作品給我看和挑選。由於我在集古齋接觸過中國近現代的書畫家，並已收藏和擁有名家趙少昂、李研山、馮康侯、麥華三、豐子愷、陸廉夫等作品幾十幅了，日後更在士丹利街地下，與方兄合作搞神州畫廊生意。

由鹿角大廈到士丹利街地舖

一九七〇年至一九七一年神州還是在鹿角大廈，由於積存很多圖書，寫字樓已不是開放給大眾買書的理想地方了。回想起我打工時代，啟文書局在威靈頓街有地舖的好處，所以自己也開始在附近尋找舖位。幸好七十年代初期房地產租金不是很高，讓我有機會物色理想地舖，最後經中環結志街地產經紀「浩棧」介紹，覓得士丹利街三十二號地下舖位，舖對面是連卡佛公司的後門。起初因為這街道貨車上落貨居多，行人較少，相對皇后大道中和威靈頓街來說較靜。但恰巧一九七二年有紅色十四座小巴以士丹利街為中環總站，所以漸漸成為熱鬧地段。

我所租的士丹利街三十二號連閣樓，地下面積七百呎，石屎閣樓有五百呎，租金二千二百元正，租約八年，租金比威靈頓街和擺花街便宜，也比其他租約年期更長，所以我很快落訂金及簽約，時為一九七一年九月。接着找同窗楊漢權裝修設計，造了可以移動的闊兩呎長六吋高八十二吋的書架，用螺絲收緊串成一列，三面牆以書架排列佈局，空白地方髹了油漆，門口牆是上手租客留下的雲石磚牆，我在門口横樑放上用銅屈成的「神州圖書公司」、兩旁掛着的「古今書籍」和「神州畫廊」的招牌，都是出自蘇世傑書法。

兼營字畫，開「神州畫廊」

在地舖做買賣字畫生意，神州畫廊應是創先河的了。因當時做字畫生意的很多都沒固定地方，同業都以跑腿為主，而裱畫店是兼營賣畫和裱畫的，即使有固定地方的集古齋，都是在樓上的。我開設神州畫廊，以自己買的幾十幅畫當然不能支撐場面，所以想請在鹿角大廈時賣畫給我的朋友方仁山先生管理。當時方先生考慮了很久，他說只買畫是沒問題，但合作的話就會有些心理壓力。我說：「租金方面你可不用理會，買畫的資金也可由我先支付，買入後放在公司，賣出才與你按利潤分成，希望兄嘗試一下，經合作後如果發覺合不來，再退出也不遲。」

方兄終因我盛意拳拳，同意合作。他有客路，每天到店管理三至四小時，做字畫的同業，還有幾位收藏家都會到店來小敘。新張期間生意平常，約過了一年後，在集古齋買過大批字畫的馬積藻先生光顧我店，起初買一兩千元，後來買一萬元以上。馬先生是舊上海著名企業家，他與黃寬誠有交往，買賣手法是上海人作風，說話算數，訂下的貨必定要。他每星期都來神州畫廊看有沒有新貨，隨後更成為神州畫廊的大客戶。

經營畫廊讓我認識了何大申老師和何覺夫先生，何老師是番禺沙灣富家子弟，早年留學日本，曾任民國政府廣東參政員。老師為人豪爽客氣，也收藏名家字畫、明清字畫，幾乎每天都來小店一趟。我大膽要求老師提供貨源，得他同意，之後買賣交易成功的話，老師必請我在附近的陸羽或上環的新同樂吃晚飯。而方先生的同業馮富和劉少旅、嚤囉街「大雅」古董店黃維雄、畫家楊善深等人，有時到陸羽飲茶後，也會順道到本店一看，包括前特首曾蔭權、藝人黎小田等都到過小店。方兄與我合作三年後，便自行在旺角開店，神州畫廊則由我自己全權主理了。

與台大戴國輝
教授（左一）
攝於神州畫廊

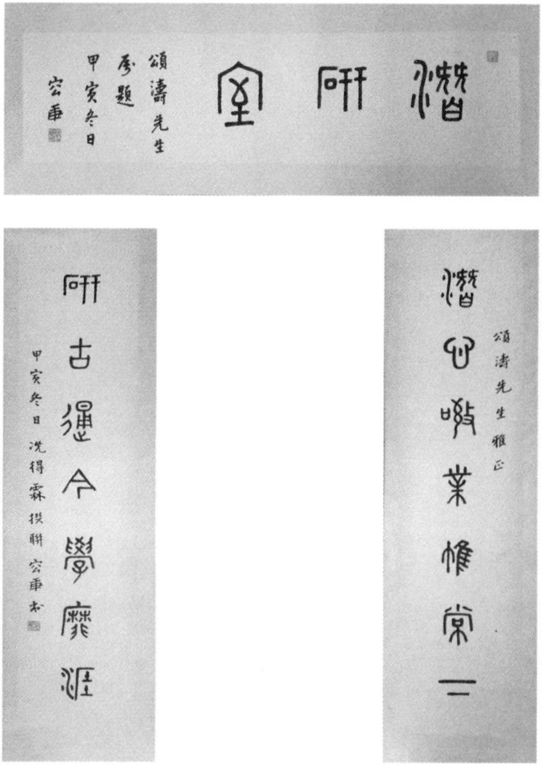

容庚老師為「潛研
室」書寫的墨寶

遷至士丹利街的神州圖書公司招牌

士丹利街舖內（1971 年）

士丹利街舖的閣樓

士丹利街舖內

組織家庭

六十年代初，我經常往來澳門採購書籍，其中澳門最大的書店「文集書店」是必到的地方。就在澳門，我遇到我的太太張菊華小姐。菊華比我小三歲，是文集書店張源的侄女。菊華在一九六〇年由廣州申請到澳門，在澳門生活八年，一直在他叔父的書店幫忙打理，對書店的運作已很熟悉，而我也有意找個門當戶對的女孩，這樣會對自己的生意較有幫助，不懂舊書工作的反而不太適合。

所以我們第一次約會，相約在澳門銅馬像見面，我開門見山就說清楚這一切，說自己是個不懂花言巧語的老實人，若她願意跟隨我，我會盡心待她。她可以不用馬上回覆我，等下星期我再來澳門時，才告訴我最後的決定。一週後，她就告訴我願意發展下去。十分多謝菊華給予我這個機會，我們二人便開始私下來往了。

她每晚會為鐘活叔工作三小時，鐘活叔為澳門的各種行業在香港買貨，貨交客輪「大來」運到澳門，等貨品上岸之後，菊華便請人力車（黃包車）取貨上車，按地址把貨派到各店及收款，民初有人稱這行叫「巡城馬」。我每星期到澳門購貨，晚上八點就會等菊華放工，一起去看電影，接着到南灣走一圈，我便乘客輪「大來」返港，就這樣持續了半年左右。

腼腆的我怕熟人見到尷尬，兩人連手都沒敢拖，不過也給二叔張源知道了。他說若我倆有意思一起的話，為免瓜田李下，應先舉行訂婚儀式，這樣他才好向他大哥（即我未來外父）交代。於是我便在澳門請了幾位相熟的朋友，擺了兩桌酒宴，雙方交換了訂婚戒指，就算名正言順了。隨後菊華也來港拜見我父母，並介紹我給她在港的親戚認識，隨後返廣州向她父母說明一切，得到二老贊成。

相濡以沫

我倆在西營盤政府合署注冊結婚。拿到結婚證書，便由澳門坐水翼船，到香港碼頭移民局申請菊華來港居住。一九七〇年一月，我們正式擺酒結婚，十二席招待親戚朋友，三席邀請同業，例如康記李大哥、復興葉柏枝、漢榮書局石景宜、環球文化李劍峰等，及各區小行家與嚤囉街收買佬。大家濟濟一堂，十分熱鬧。香港舊書行業以這樣方式的聚會，可算是首次了。以後也未見有這樣子的聚會了。

結婚後，我與太太以前舖後居的形式生活，之後子女都在這段時間陸續出世，一住便二十三年。到一九九一年，我才有能力遷出舊舖，建立真正屬於自己的家。

今天回想起來，結婚五十年來，多蒙太太菊華悉心料理家務、教兒育女，還幫忙為我打理店舖事務，看店、處理膳食、為客人修補破書和我買回來破爛的線裝書，深得香港藏書家葉健民律師讚賞。我為工作廢寢忘食，在四十五歲那年患了糖尿病，很多謝太太她督促我每天吃藥，但凡坊間有人建議甚麼妙方和食材對糖尿病有用，她都必定買來煎藥或煲湯給我療補。家族中大小事務，妯娌間各種聯誼，她都處理得井然有序。

認識我的人都說我娶得一位賢內助，這真是上天對我的一份恩賜！現在我已是三個子女的父親，且內外孫合共有五個乖巧的男孫，閒時跟他們一起去飲茶，到郊外遊玩，假期與他們回鄉探親，遊歷過武漢、廈門、南京、西安等歷史名城，以增加他們對祖國的認識，可算是弄孫為樂了。

與太太在香港舉行婚禮（1970 年）

漢榮書局石景宜先生（左）出席作者的婚禮

與太太在士丹利街舖內的合照（1992 年）

租約作廢，眾人相助買地鋪

一九七三年四月，我收到業主委託律師樓發出的律師信，內容說，因法律程序錯誤而終止租約，十五天內便要收回鋪面。我取出當時租約交給熟悉法律的顧客陳師爺看，合約列明租客是神州舊書店，注明商業登記編號、業主及租客負責人身份證號碼、租約期限是一九七一年十月至一九七九年九月、每月租金等。很清楚，並無錯誤之處。

經陳師爺再細看，發覺合約沒有向政府繳納釐印稅。

於是我委託陳師爺處理，代打釐印和向業主反駁律師信。結果因為過了時限補繳要加罰款，共花費了三千元左右。業主則把官司升級，對質要請大律師處理。我拜託陳師爺委託律師處理這宗官司。第一回上庭我便敗訴，理由是凡三年以上的租約，必須要在田土廳登記的，而我沒做這件事。

第二天業主便來商議收回舖面，她說該物業是家族的，希望收回後出售。若我買，可作價七十萬元。當時附近商舖都是要價四十五萬元左右，但我自知能力有限，並沒有買舖的念頭，一時十分煩惱，不知如何是好。

這時剛巧熟客蕭旺先生來舖買瓷器，他與我太太同是中山小欖人，是沙田「小欖公」飯店的創辦人。我與他結緣，始於他跟我的合夥人買了很多香港青山燒的瓷器，而當作古玩，我不忍他繼續被蒙在鼓裏，告訴他那些是香港青山貨。旺叔跟我說：「多謝你提醒！你這麼老實，看來是不適合做賣古董這生意的，賣書應更適合你。」自此他常來買東西。

這位老人家為人率直、豪爽、鋤強扶弱。那天我對他說：「旺叔，您多買點吧，我可以便宜點給您，因為我要結束生意了。」他問我原因，我把終止合約之事向他和盤托出，旺叔問：「這裏是三十二號，業主是否姓盧？」我說是。旺叔說他問一下朋友具體情況，看看能否幫我出出主意，第二天回覆我。

第二天早上十點鐘，旺叔就來了，叫了我出外飲茶商談這事。旺叔說：「業主與我有點交情，現願意以六十萬轉讓，你意下如何？」這價格我也覺得比二十六號舖要價四十五萬貴。旺叔便到櫃面打了個電話，與業主商議了十分鐘左右，回來告訴我說，我租的舖比二十六號舖面積大些，樓底高些，業主最後要價五十七萬。若我要，可先籌集資金，假如真的湊不夠，旺叔再替我想想辦法。我很感激他這麼熱心相助，於是回去籌備一下資金。

我初步估計我最多能湊十八萬元，款項來源包括：結婚前在灣仔買過一個單位給父母弟弟居住，現賣出可得十一萬元，其餘都是和親朋好友借來的。籌款的過程也不是一帆風順的，向自家宗親開金舖的叔伯借，借不到不算，還被他奚落了一番；向太太外家親戚借，她契姑姐借給我十兩金又賣了股票，折合市值二萬元；她三姑姐借三千；又向同窗吳兄借二千；同業萬有圖書公司徐炳麟前輩借出五千；我按低價賣出《東方雜誌》《婦女雜誌》《小說月報》《學生雜誌》及其他書刊等，共得一萬六千元正；期票借兩月二萬。餘下四千，是把太太的首飾也押當了，才能湊拼了十八萬。旺叔慷慨地說借給我二十萬，但都未足夠。與業主商議能否先付三十八萬，餘下十九萬當作向業主借款。業主最初不想，但由於他的家人要分錢，他立即找到新買家並不容易，最後終於答應，我每月付借款和利息八千元，為期兩年。蕭旺叔當年查詢過恒生銀行，按揭士丹利街價值五十七萬元的物業，只能按得五萬元，還要人士擔保。

能夠買到士丹利街三十二號這舖，可算是我人生邁向新的歷程，真的非常感謝旺叔及親友的慷慨解囊、仗義相助！借旺叔的二十萬元，我每月歸還五千元給他，他也一如既往買我的瓷器，介紹朋友買古玩雜物，使我不用兩年便還清此款。我也待他如恩師，每年過年年初一，都第一時間向他拜年，年年如是。直至旺叔搬到愉景灣，他說太遠了，婉拒了我的探望，但我還是與他通電話互問近況。晚年旺叔很少與友人來往了，生意也結束了，經常返鄉搞建設、辦學校，所賺的錢真的「取之於社會，用之於社會」。到了二〇〇〇年，電話突然轉了戶主，自此斷了聯絡。每次東華三院及保良局賣旗籌款，我都會以旺叔的名義，捐出一百元，以紀念他對我的恩惠。

直至二〇一二年，有發展商收購士丹利街三十二號整幢物業，我是最後一個賣出的業主，我的確是有些不捨，畢竟在那裏幾十年了。不過朋友勸說，若八成業主同意，餘下的就會被強行拍賣，結果都是要賣的，所以我也只好無奈接受了。我永遠不會忘記那舖，標誌着朋友、親戚幫助的恩情，讓我擺脫困境，邁向人生新里程。

作者在士丹利街舖內（1992 年）

結交熟客，最終搬到柴灣

自從自置士丹利街店鋪後，由於方仁山先生離開神州畫廊工作，大大增添了我的經濟壓力，我只好出租士丹利街地鋪，以減輕供款的負擔。一九七三年起，另租了威靈頓街六十九號地下，即現通濟大廈對面的地鋪。此單位較大，且樓面有二十餘呎高，可以加建閣樓，而後座有八十呎梗房可作我全家居所。

結識小思老師

在威靈頓街六十九號經營時，認識了小思（盧瑋鑾）老師，彼此交易多次後便熟絡了些。知道老師在找香港文學書籍和期刊，我便替她留意和收集。老師在二〇〇一年於香港中文大學成立香港文學研究中心，很想為香港新文學保存和收藏資料，留下有用的資料給後人參考，所以我也受老師感染，想為香港文學界出點力。

之後每次替她找到這些書刊，都不敢要高價，只收取基本費用，因此為老師找到的書刊，她都會滿意地買下。後來老師對與香港教育相關的畢業證書、課本、練習簿、筆記本等都有興趣，我也對這類物品多加留意，有就保留起來給老師。我兼營文革畫和月份牌時，小思老師也十分樂意揀選一些，口頭上說是送給朋友，其實也是對經營緊張的我的鼎力相助。

小思老師是一位和藹及尊重別人勞動的好顧客，她是我最尊敬的一位老師，早在六十年代光顧我店至今，有時還客氣地買盒西餅來店裏。老師可說是看着我神州三代人成長的見證人，每每告訴我很多文壇上的消息和香港舊書同業變化。

張義老師與曹宏威博士

一九七三年至一九九一年，威靈頓街一租便租了十八年，直到業主轉售單位，我才在合約到期後搬離，搬回士丹利街營業。一九九一年至二〇〇五年四月在士丹利街期間，認識了張義老師。張義老師也成為神州的大顧客，買了很多字粒、書版和金木。後來他全家要移民了，家有一批舊書刊要在移民前清理，我和他商議過，這批書價值萬多元，當時我沒有錢一次過付款，在老師建議下寫了幾張支票分期支付。那批貨取回店後很快便能賣出，我知道張義老師喜歡在陸羽飲茶，便拿現金到陸羽付款給他，順便取回之前的支票。老師說支票沒帶在身邊，下次才收款吧。我說我相信他的為人，款先付給他，下次讓他把支票還給我便可。大家彼此互信，自此成為好朋友。老師移民到美國後，有空回港也會來神州探望我，還會帶上一盒熱騰騰的陸羽點心給我品嚐。

九十年代中期，首先是在電視上認識曹宏威博士。他在電視節目中，以科學的角度來解釋一些靈異事件，我覺得很有趣。某天曹博士來到我店看書，與我談到舊書行業在國外很流行，但在香港則較少。又着我介紹一些文科書給他，我見他手中正拿着一本《弘一法師年譜》，便推介說這書不錯。弘一原名李叔同，是漫畫家豐子愷的老師，早年在日本留學，是第一個反串飾演「茶花女」女主角的傳奇人物，於是曹博士便買下這書，又再談及同在日本留學過，後來棄醫從文的魯迅。

事隔一個星期，曹博士再來看書，原來他喜歡到我店附近的陸羽茶室飲茶，飲完茶順道過來淘書，每次買書都徒手拿走，不用拿袋子來盛裝，此舉一來環保，二來可在路途中隨時翻閱。交往多次後彼此熟絡了一點，他知道我賣書的同時也回收舊書，因此週遊香港各區發現與舊書買賣有關之事，都會在到訪時告訴我，連北角青年書局增賣新文學書刊也找機會告知。曹博士還告訴中大的老師和教授，若離任前要清理辦公室的私藏書刊，可交神州回收處理，很多謝曹博士的熱心支持！

兩年擺花街，終搬到柴灣

二〇〇五年五月，神州搬到擺花街二號匯財中心三樓，二樓便是大業書店，有時也會互相介紹客戶到彼此的書店。可惜二〇〇七年五月滿約後業主改變樓宇用途，把全座改為餐飲中心。我要另覓出路。曾想過搬去旺角，但地方小，容納的書不多，地方大的自己又承受不了那麼昂貴的租金，百般衡量後，還是選擇搬回柴灣的貨倉較好些，一來經費負擔較輕，二來貨倉和門市併合，會更容易管理，所以便決定搬回柴灣經營，至今也有十五年了。

二〇〇七年六月四日，柴灣門市正式營業。和職工商議過後，將柴灣貨倉分成門市和貨倉兩部分。門市部設計成圖書館書架形式，一行行地排列，再按明細分類，把各類書籍上架。貨倉則按大分類處理，加添了活動路軌、用手攪動書架，能容納的書量比以前更多。搬到柴灣後，又認識了新的顧客。前港鐵高級工程師駱先生，自從到店買書後，不斷把他的藏書送給我店，我們也成為了朋友。他退休後喜歡研究對聯，我為他找了許多相關書籍。他幾乎每週都會擠出一些時間來店逛逛。喜歡看政治類和人物傳記的

神州舊書文玩有限公司

已遷新址

由6月4日起

於以下地址繼續營業：

香港柴灣利眾街40號富誠工業大廈

A座23字樓（地鐵C出口）

A2, 23/F, FORTUNE IND. BLDG,

40 LEE CHUNG ST., CHAI WAN. HK

電話：2522 8268 2522 0423

2007・06・03 B2 明報

遷址柴灣的報紙廣告（2007 年）

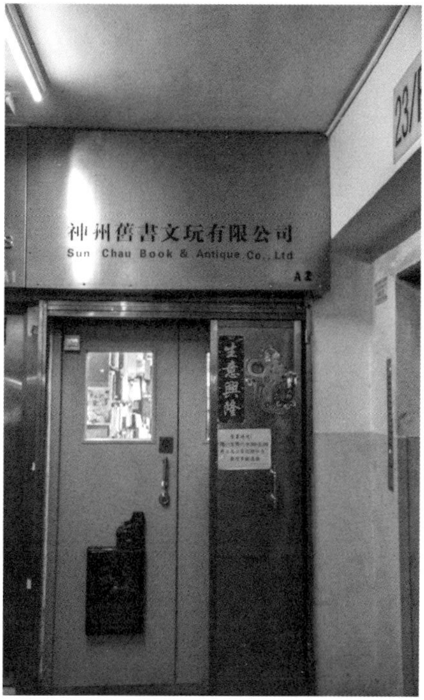

遷至柴灣後的店舖招牌

趙先生，則喜歡逢星期六到店裏淘書。趙先生每次到迷你倉清理圖書，會把自己看過的書以半賣半送方式拿到神州。蔡督察則對武俠小說及雜誌感興趣。收藏考古和歷史類書籍的譚先生，則喜歡挑選我店放在網絡上的書籍，然後列個清單，等我們找齊後親自來取書。

藏書家林冠中先生

內地、港、台很多書友都認識的香港年輕藏書家林冠中，花了十多年時間收藏新文學書籍，圖書買得太多後，買了一個工商大廈單位來放置。冠中弟又多次帶台灣的應鳳凰老師來，有次他帶了位愛好收集亦舒作品的美麗女書友來買書，挑完門市的數本亦舒著作後，我在貨倉裏拿出來的她也買了幾十本。冠中弟熱愛藏書，也熱心為愛書人引路，每次來店都告知我外面書店的實時情況、書壇上的最新消息。

他委託我找《號外》期刊，這正是研究當代香港都市文化的重要參考刊物。我知道有位書友有一套差不多齊全的，就主動聯繫那書友，但叫價很高，經多番斡旋，最後以可接受的價格成交，冠中弟也十分高興。本次承蒙他為拙作寫序，感謝！

書法家潘炳鴻先生

潘炳鴻先生是一位書法家，創立香港素一椽書法學會，研習書法逾半世紀。他走遍港九多所中小學傳揚及教授書法，又不定期舉辦書法展覽，展品會逐一加上標籤說明。他在電台、電視台等媒體積極推動書法，宏揚中國傳統文化與世界和平理念。潘老師在上世紀七十年代曾在商務印書館美術部工作，我開辦神州時他已離開商務，當時他來神州主要購買字帖和珂羅版舊書法。八十年代後期我店增設文玩雜物，潘老師就會買一些文房四寶、銅筆筒、陶硯、大小墨條、銅墨盒、木或竹的紙鎮及磨墨用的水酌等。

他還介紹學生與愛好書法的人給我認識，每逢我請求他惠賜墨寶時，他都欣然答允，真是一位有求必應、人緣甚好的書法家。我有一幅掛在店鋪內的木刻對聯：「鑑古懷今善本文情牽百代　勾奇引勝時珍舊玩在神州」；一幅門對：「門前無債主　家中有餘粮」，橫額「安居樂業」。這些都是出自潘老師手筆，這門對既作為我奮鬥的目標，也可祝願書友能達到此境界，安居樂業，皆大歡喜。

贈書成批的好客人鍾先生

住在愉景灣的鍾先生，現在是一位退休公務員，我與他認識三十多年了。九十年代，鍾先生在神州購書次數甚密，每月兩三次，每次來店都會買書。他喜歡中國近代史、共產黨史，特別喜歡研究《紅樓夢》的書籍，對胡適十分推崇。他買書十分闊綽，看到合適的書便買，有時買得多，我主動說給優惠折扣他，他回說：「不用了，你按標價計算好了，賣書佬賺錢不容易。」鍾先生時刻站在對方的角度考慮事情，我十分敬重他的大度！近十年我都有參加香港書展，鍾先生每次都到我攤位探訪，除了捧場買書之外，有時還把家中重複的書籍親自送到攤位給我，貫徹我店奉行「傳承文化，環保回收」的宗旨。

二〇二〇年十月，鍾先生把自己的藏書重新整理，訂造了四十五厘米乘三十四厘米乘二十八厘米的紙箱，把書整齊有序地裝在箱中，第一批送了四十六箱給我，當中有中國近代史十箱，中國共產黨史料十五箱，紅樓夢研究書籍十箱，學習日語和日本史書籍十箱，英文書一箱。委託貨運公司送到我店內，連車資也婉拒我支付，還客氣地說多謝我為他處理了他的心頭好，讓他的藏書再有歸宿。鍾先生的廣闊襟懷讓我十分佩服！

十二月中，鍾先生把第二批書共十七箱送到店舖，附一信函，說他家裏只有上海亞東書館出版的《獨秀文存》上冊，問我上回那批書中有沒有留意到有下冊；另外，《新華日報回憶錄》正篇和續篇是否都在上一批書中，他有一些資料要查，有的話想拿回《新華日報回憶錄》正續篇參閱。鍾先生對自己的藏書瞭如指掌，書的何去何從也心中有數。

我幫他在第一批書中找回《獨秀文存》下冊，不過《新華日報回憶錄》就只找到正篇，續篇則沒有。我在倉庫裏取了自己的續篇去配了一套給他，並告訴他找齊了。二〇二一年一月二十日他到訪我店時，我馬上拿出這三本書給他，誰知他一眼便認出續篇不是他那本，因顏色有些不同。我告訴他事情原由，他微笑着點點頭，然後從他拿來的環保袋中取出一本《獨秀文存》上冊，說：「原來我家裏還有另一套《獨秀文存》，這本上冊送給你，讓你配成一套吧。」他在二〇二二年一月五日再送第三批書到我店。鍾先生這種「寶劍贈英雄，紅粉贈佳人」的愛書情懷，值得我終生學習！

來自五湖四海的內地愛書人

當然也有專程來店的自由行客人，有幾位還成為熟客。四川的史先生喜歡收集體育及電影書刊，體育項目在我店是冷門的書籍，但他第一次來便能找到很多相關的期刊，很高興；第二次來，還帶了兩罐精美的茶葉來送給我，買了許多電影週刊及期刊等，買到拿不動了，還留下一部分等下次來時再取。江門的趙錦泉先生也是先在網絡上買書，然後轉到實體店來的。他喜歡買線裝書和廣東文獻，很熟悉港九的舊書店，甚至還到藏書家家中收書，遇到不太適合他的，還會介紹我去買，或要不了那麼多，會將一部分轉賣給我店，成為互利互讓的合作夥伴。買舊紙品、舊畫及文革畫的武夷山的陳曉敏先生，也是在柴灣店裏認識的。日本的塚田先生，研究廣東建築及城市發展，很高興在我店中的廣東專架上找到一些，另一些則通過我們幫他訂購，然後親身來取或讓我們寄到日本。

經營舊書店，最開心是為書友找到他們想要找的書籍，看着他們心滿意足的樣子，我深感欣慰，也成為我持續經營的動力。

第三章

六七十年代舊書店及舊書攤

舊書業購貨經驗

新書店與舊書店購貨有着不同的方法：六七十年代新出版的書樣，會有專人拿到新書店去，讓各門市部負責人商討後，再決定訂購數量便可落單訂貨。舊書店就麻煩點，店主或買手（大型舊書店會請專門入貨的先生代訂）會到港九各地舊書攤去挑選買貨。買手會以顧客需求為準則，更會預測舊書趨勢來入貨。

不同年代收書種類變化

六十年代最熱門的是民國時期出版的年鑑，大部頭百科全書如《萬有文庫》《四部叢刊》《國學基本叢書》、商務印書館民國時期出版的《大學叢書》《良友文學叢書》等，還有各地的地方志等；七十年代中期，坊間喜歡三十年代新文學作品和研究；八十年代則是以內地出版的書籍、大學學報、各省文藝期刊為入貨重點；九十年代開始，則關注本土文化、香港資料，尤其香港電影期刊、香港新文學也日漸受歡迎了；二〇〇〇年後，香港電視期刊、香港年鑑，香港懷舊紙品收藏如售樓說明書、月餅售價單張，香港舊報紙如五十年代前的《華僑日報》《真欄日報》《明報》等，香港出版的街檔租看的連環圖（俗稱公仔書）……都是愛好者搶購的對象。

不同年代的讀者喜好變化萬千，買手不能一本通書讀到老。我認為買賣舊書跟做時裝一樣，一定要頭腦緊貼時代，經常向讀者學習請教，以便查詢意見，推測主流，才能掌握雲頭雨腳，而後必有收穫。七十年代中後期，因有士丹利街門市部，讀者拿書到店賣給我成為主流；到八十年代，恰逢移民潮，市民賣樓之前要清理書籍，有時還用貨車把書運到神州。當時的舊書攤已成長到各自擁有自己的顧客，不大重視行家，都自立門戶了。

八十年代，在廣州成立的廣東省社科院港澳經濟研究中心，由古念良任所長，出版《港澳經濟》，我店協助購買每日報紙期刊，還負責寄送一批有關香港的資料，每星期寄到廣州。工作上交往了兩年多，藉此認識了該研究所的古所長。當我提出到內地舊書店購貨時，就委託他幫我寫介紹信到上海、北京、成都、重慶等地古籍書店購書。一九八一年，周作人的三十年代新文學作品，初售人民幣兩元以下，線裝書全套也只售五元到二十元左右，真的便宜。

不過現在回想起來，那時內地工人月薪只有三十六元，算起來古籍書售價就並不便宜了。可惜當時不能用快遞公司托運，只可以用郵政寄書，但郵局只處理寄給企業單位或公司的書籍，不能處理個人郵購，所以我在內地購書不多，只能自行將書帶過關返港，但見聞則增長不少。

就在這個時候，幸好有老師指點，傳授給我「有士必有財」的策略。一九七八年，我以分期付款方式，購入柴灣利眾街富誠工業大廈一個三千二百呎的單位，一半用作貨倉，一半租給一間紙品廠。買得書多，士丹利街的門市放不下了，就搬到柴灣貨倉。當時曾被同行取笑，說我買貨倉儲垃圾（意指舊書），史無前例。但今天回想起來，幸好那時的貨倉儲下不少舊書，今天才有意想不到的收穫。

九十年代末，舊書的貨源已少得多了。這段時間才移民的人，離開時也把書帶走，因為外國地方大，可利用地牢作藏書房；而香港拆樓改建也逐漸少了，貨源自然少。

收書分地區、來源

說起來，收舊書也有許多值得注意的情況，例如收書是分地區的。七十年代半山羅便臣道若有人賣書，書商必定蜂擁而上，因一定有民國舊書、線裝書等收穫。九十年代華富邨若有書賣，書商則比在羅便臣道購書更緊張，因多是五十年代舊貨，如粵曲、戲橋、電影院發售當日上演電影的說明書、舊報紙和雜誌等當時好賣的貨品。

到了二〇〇〇年以後，則要靠在《明報》刊登廣告，及每年七月在香港書展設攤派傳單，宣傳會「回收舊書，祈望讀者有書，不要輕易扔到垃圾桶，讓有用的書刊可以通過二手書店，找到新的用家」。我曾遇到好心人自己叫小型貨車，把書送到柴灣店中給我，而分毫不收。

近年越來越覺得要堅持舊書這行業也不容易。不過為舊書找適當的棲身之所，也算是為環保出了一分力，這種趨勢和氛圍，讓我很感動。由於書籍的品種繁多，我無法全部接納，有時也把管理類、兒童圖書類、科技類、教科書等不是我們主要經營的書種，湊在一起，讓一些社福機構或學生自組義賣時取去，以再盡綿力回饋社會。

金庸簽名書升價不菲

賣舊書也會遇到很多有趣的故事。例如近年熱捧的金庸簽名書籍，售價動輒萬元以上。我在五十年代末期曾購得一批金庸先生的藏書，當時正值金庸先生離開《大公報》和長城電影廠，轉而開辦《明報》的時期，那些書多屬文史書和有關電影文藝方面，很多藏書都簽上「良鏞」二字。

當時曾有顧客購買了三十多本，每本都只不過幾塊錢，為甚麼定價那麼便宜呢？因為很多客人都不喜歡書內有筆跡或劃花與簽名的，所以凡有筆跡的，都會便宜點出售。過了數年，金庸先生委託朋友追回此批書，輾轉介紹到神州，我樂意讓他買回大部分。如果等到現在才賣，那價值實在難以估算了。真是走寶了！呵呵！

港島到九龍的舊書店與舊書攤

我養成巡舊書攤的習慣，至少用了二十多年時間。早在集古齋和啟文書局打工時，就會去巡舊書攤。創立神州後，到外巡書攤買貨更成為我每天工作的核心。

港島出發：康記與李伯

早上八時，第一站先到荷李活道三十二號「康記」。店主李景康前輩曾在廣告公司工作，練得一手得體的廣告字和廣告術語，書舖寫滿廣告口號和貼上十分醒目的美術字。李前輩的母親當時在中區寫字樓做清潔工作，經常在工作的地方拾到舊報紙和書刊，然後拿到康記去賣。

當時中環還有很多社團工會和職工圖書館，藏書相當豐富，例如通濟商會、永安公司職工會等，我也曾購過這類單位藏的舊書刊，有《通濟公會年鑑》《永安公司二十週年特刊》，及該公司職工圖書館所藏的許多三四十年代中國現代文學書刊等。

康記最早設在皇后大道中與砵甸乍街公廁旁（現已關閉），兩三年後搬到荷李活道，貨源多來自李前輩的母親及嚤囉街的收買佬。這批收買佬每天到半山區收貨，中午便把貨物擺攤售賣，如果到下午六時都賣不出的話，就會把餘下貨品全部賤賣給康記，因為他們實在沒地方安置這些貨物。李前輩很早便懂得向拍賣行買貨，戲院里有間「欖勿拍賣行」，那時的中文拍賣書會被當作垃圾處理，李前輩便向他們買入拍賣書。後來康記又兼營瓷器文玩和中國酸枝傢俬，到八十年代還把兼營的古玩當作主要經營項目，舊書只是次要了。到九十年代李前輩離世，生意交由幼子打理，則成了以售賣毛澤東熱門產品及文革主題產品為主的店舖了，直到二〇一八年六月結業。我甚覺可惜，只能慨歎時代轉變，歲月不留人。

六七十年代舊書的貨源相當充實，康記開業五年後，改為「平價館」，直至結束。期間我每次都能買到所需的貨品，滿載而歸。李前輩的經營方式是以現金交易及貨品自取。若買家一時拿不動，要把書留下，若過了中午還未取的，總會給少一兩本書當作貨租。若有同業出價高過買家，他會先給價高者，寧願把賣給別人的書價原銀奉回便作了結，這應該是因為他不願客人暫放的貨品阻礙地方吧。

記得康記在宣傳方面也有自己的獨特一套。例如九十年代購入一份舊石塘咀（即屈地街及山道一帶）塘西歌姬肖像菲林底片，他把照片沖曬出來，掛在舖面牆上招攬客人，果然引來不少人觀看及購買。他還在報館購入一批日治時期香港報刊以及《香島日報》《大眾週刊》等日治刊物，陳列在店舖牆上十分顯眼的地方，以此吸引愛好者觀看。他還會借用姐妹的店舖，例如大姐位於砵甸乍街的洗衣店門口的石階，二姐位於閣麟街的雜貨舖，他在這些地方都設置了擺賣舊書刊的角落，放一行書架，陳列當時香港流行的書籍和期刊，例如李我、楊天成、望雲、俊人等的小說，五桂堂印的章回小說演義，香港地圖冊，香港電影期刊如《長城畫報》《國際電影》《南國電影》等，漫畫則有《何老大》《大官》等，還有足球雜誌，《讀者文摘》《婦女與家庭》等雜誌。每次我經過該店，二姐都會熱情地說：「文仔，若有合適的儘管拿去，挪出空間讓我擺新貨，不用付款，別客氣。」我當時老實得很，不敢真的去拿，只回說「多謝」便走開了。現在想來，當時真的走寶了，倘若這些書放到現在，已成為席上之珍了。這也反映了我年少沒經驗和遠見，對文化認識不全面。不過也多得康記李前輩的關照，才有了神州約一半的貨源。

沿着荷李活道向西行，到達現在六十號的「公利真料竹蔗水」，對面卑利街斜路，還未到結志街那裏，有一檔較小規模的舊書檔，無招牌，人人管店主叫李伯，其實他就是李景康前輩的父親。他負責打理的這書檔，不會經常有新貨，但我也在那裏購過一批百多本民國時期的《旅行雜誌》，是中國旅行社出版的，這批書是我在這書檔最大的收穫了。

「大光燈」及三益書店

荷李活道到鴨巴甸街口有兩間舊書店，左邊稱為「大光燈」，店主喜歡在書名後打個大圓圈符號，以圓圈的多少代表價值的多少。我在這間店交易不多，最有印象的是在他那裏購得一套民國時期鄭振鐸重印的《金瓶梅》線裝本，索價四百元，若以當時物價論，已是價格不菲了。右邊的書檔以售賣英文書為主，接觸很少。再走到鴨巴甸街十八號便是「三益書店」。

三益原是一間醬油舖，店主蕭金每天需要大量紙張包裹醬料，所以他經常到街市購買大本過期的年鑑和舊書刊來包紮，而這種書刊堆放多了，居然引來行人和同業挑選。他發現原來舊書都可經營，於是逐漸把醬油店轉為書舖，讓弟弟蕭安打理。蕭金自己出外購貨，路線逐漸廣闊，由灣仔到筲箕灣，西環就結合收買佬和小檔，購貨路線與康記不同，故有一定廣闊的貨源。

三益在售賣課本旺季，就到奶路臣街賣課本。在那個年代，若遇上賣課本的黃金時期，以賣舊書為主的書店基本上都會轉為賣課本，凡舊書攤都會停止舊書買賣。蕭安也真是一位聰明買手，他會趁勢買些舊書帶返鴨巴甸街的店裏售賣。他說凡賣了出去的書，如遇到同樣的書，不妨再買入再出售，定可以再開高價賣出，好書放在舖的時間越短，越證明那是好貨，這算是他的經驗之談。

蕭安懂得臨摹一手趙之謙的書法字體，三益書店的牌匾也是蕭安書寫的。三益在中環經營三年後便搬到灣仔發展，成為灣仔最大的舊書店。最初搬到灣仔莊士敦道三一二號集成中心，幾年後因重建，曾搬到天樂里，最後搬到軒尼詩道一七一號地下繼續營業，直至九十年代才結束。

三益的貨源以灣仔一帶為主，其中印象最深刻是購入敦梅中學校長莫儉溥一批藏書，轟動一時。三益後來也開始到拍賣行購舊書和字畫，營業更上一層樓。蕭安舖面的圖書不分類排列，按收貨時間向舖內延伸，我曾問他為何這樣擺設？他說舊書是要淘的，淘書是一種樂趣。說得也有道理。值得一提的是，香港著名的書話家黃俊東和許定銘都喜歡到三益淘書。九十年代蕭金先生逝世，蕭安先生移民外國，隨着支柱的倒下，三益書店也結束了。三益的書也算是神州的第二大貨源。

收買佬「四大天王」

沿着荷李活道向西往文武廟方向走，到樓梯街往下走到嚤囉上街與水池巷交界處，是著名舊書集散地。這裏存在已久，抗日戰爭時期已開始有舊書買賣，《陳君葆日記》中也曾記述過。當年由被我們尊稱為「四大天王」的四位收買佬處理買賣，只記得其中一位叫「客家仔」，其餘三人忘了名字。

他們每天中午十二點半開檔，我們一眾買家則圍成一個圓圈，待「四大天王」點名誰人先看貨，俗稱看頭盤。凡能看頭盤的人，都是與「四大天王」關係較親近及熟絡的常客。如何才能成為常客？那就要在「四大天王」遇到打風下雨天氣不好，收不到貨，賭錢輸了連飯錢都沒着落時識做；他們會向熟客們借錢，有時我會請他們飲酒食飯。這「四大天王」借了別人的錢通常不怎麼歸還，也不喜歡以貨抵扣，試過有人因追討還錢不果，買貨時按貨品價格扣數，後來他們就不給這位人士看貨了。

收買佬到半山一帶收貨，當然會收到各式各樣的貨品如故衣、傢俬、陶瓷、古玩玉器，等等，他們把物品放在一起，等待各路同行購買。我不太熟悉他們的運作，只知道舊書買賣這方面的行情。舊書若頭盤賣不出，轉為二盤，定價比頭盤便宜百分之三十；若二盤都賣不完，則再降價出讓；最後餘下的全部便宜售給康記。

我曾在「四大天王」處購得《四部叢刊》、百納本《二十四史》連箱、連續幾百本《東方雜誌》《小說月報》等，得到的好書不少，佔我購貨的十分之二。嚤囉街其他小地攤則以售賣雜物文玩為主，舊書較少，因此我在嚤囉街小檔收書並不多。

文友書店、德記、劍虹書齋、新填地

荷李活道一九九號有間「文友書店」，佔半間鋪，另外半間是訂造皮鞋的。書店店主鄒老先生喜歡飲兩杯中國白酒。最初我在該店購貨不多，自從他兒子文利負責出外找貨源，書種多了，我跟他們的交易也隨之增多了。店少東購貨以內地早期舊書為主，這類書很適合海外圖書館的需求，我們的交易也頻繁起來。印象最深是從文友書店購入一套一九五〇年至一九六三年的《人民手冊》。在這間店買賣兩年左右，鄒老先生逝世，文利覺得舊書發展不夠理想，於是兄弟倆決定合作搞速印和影印的生意，店名是「文利速印影印公司」，生意不俗。但隨着租金上漲，他們的店不斷搬遷，堅持了二十多年，最終還是結業了。

荷李活道到水坑口街，有一檔「德記」，店主鄺紹祥先生說，他自幼喜歡新文學書籍，經常到灣仔道國泰戲院附近的舊書攤流連，後來還甘願開書檔。鄺兄主要售新文學，我在他那裏買得最多的是香港早期文學雜誌，如《紅豆》《伴侶》《文藝生活》等，數千本的《京滬週刊》《大人》《大成》都是由這間店入貨的。德記後來遷到蘇杭街一五六號三樓，住宅和店舖兩用。最後鄺先生搬到上水與家人同住，安享晚年。

水坑口街向西至荷李活道公園路段，舊時稱為「大笪地」。大笪地四周都是一些小屋，中間有間經濟飯店，我很多時候都在這裏與收買佬吃飯飲酒。大笪地的空置地是平民日間的娛樂場所，這裏有占卜算命檔、熟食小檔、說書（講故事）檔、故衣攤、舊書攤，當中有一間圓頂大屋是出租小人書的，很多小孩在這裏看書。我曾在這書攤買過線裝本、民國版風水命理書。但幾年後，舊書攤就變成雜物地攤了。

在威靈頓街與閣麟街交界，有一檔「劍虹書齋」，店主陳先生最初以租書為主，武俠小說和言情小說是主流，後來也開始收買舊書和古玩雜物。我曾在他這裏買了三百本左右香港街坊福利會會刊。劍虹書齋做了數年後搬到鴨巴甸街二十八號，繼續經營，但就轉型為以打麻將抽佣為主，支撐到九十年代便結束了。店主陳先生家住小西灣，我去柴灣上班時曾遇見過他，但僅僅是點頭打招呼而已。

目前在中環的舊書售賣點，尚餘一間在威靈頓街與鴨巴甸街交界處，即蓮香樓對面的小書檔，由一位女士打理，最初收點言情小說和西文書，後改為賣拍賣行的圖錄，做得頗有聲色，值得讚賞。

夜幕低垂時，也另有一處地方值得一說，就是現在信德中心港澳碼頭一帶，這裏未建大廈時是新填海地區，我們叫「新填地」，俗稱「平民夜總會」。晚上七時後，這裏熱鬧得很，有食肆，有攤檔擺賣小型電器、家庭用品等，占卦算命都有五六檔，還有一排專賣書的書攤，其中以德記和劍虹最大檔，零星還有四五小檔。我每晚飯後，喜歡到新填地巡貨，總會有些收穫。若當天晚上還要轉到九龍購貨，就會將在新填地所購的貨，寄存在德記祥哥處，待第二天再取回。

上海印書館、東南書局

租庇利街順聯大廈二樓「上海印書館」長期售賣港版、國內版新書，以八折為噱頭吸引顧客。六十年代時由錢輔卿主理，錢老板早年在上海棋盤街開書店及做出版，五十年代來港重操舊業；同時從上海搬來一批舊書，多數是小型出版社的書籍，不是三、中、商、開明等大書店的貨色，而主要是春明、新月、正中書局、文通、良友等上海出版社的書，以及不少民國版的自印本，如《李公樸遇害真相》《聞一多受難紀念刊》等，陳列全店。銷售幾年後，舊書減少了，門市部逐步轉型為新書店，開始出版醫卜星相書籍及古典文學書，暢銷東南亞華僑地區。後由錢小姐及其夫婿打理至今。我與上海印書館的交易，以民國版自印本、詩集、紀念冊為主。

在中環，我認為值得一提的還有六十年代在德輔道中現齡記大廈的「東南書局」。店內左邊有三個櫥櫃是擺賣墨水筆的，左邊後書架陳列了五六行線裝書，另一書架放上海出版的平裝洋裝本中文書，右邊則陳列新書。線裝書和民國版平裝書都是店主胡先生在上海搜集的，我與他的交易並不多，因價格於我來說實在太貴。七十年代中期，東南書局因店址重建而結束營業。

中華古籍部、商務新風閣、集古齋

皇后大道中現萬年大廈所處的地方是中華書局古籍部，由劉大師主理，出售線裝書和珂羅版畫冊。對面商務印書館另開闢的古籍部稱「新風閣」，由張先生後轉李慶池先生主理。店內有許多北京榮寶齋出品的國內版藝術書，還有兩列書櫃賣商務舊版的《萬有文庫》《叢書集成》《史地叢書》等。當時商務售書有個特點，凡民國版書刊，出售前一定撕去版權頁後才出售。

最後說到我拜師學藝的集古齋。最先在雲咸街，後搬到中環都爹利街中和行，再遷到印刷會所，最後搬到域多利皇后街中商藝術大廈。六十年代末，集古齋大改革，以售字畫為主，對圖書採取大廉價售賣，尤其是雜誌、民國版舊書、重複的線裝書也同樣廉價處理。若當年往集古齋購貨，保留至今的話，價值是不可想像了。但我自離開後，一直未曾去過集古齋。

回顧六十至七十年代上半期，神州的書籍來源，從中上環的收購可佔百分之八十，值得一記。而中環區舊書收購情況和舊書店面貌，以上大致呈現了。

釗記書局、波文書局

我在港島區收書以中環、上環荷李活道和嚤囉街為核心，其他地區雖然數量不多，但也可藉此談談。

灣仔區以三益書店為主，三益由中環鴨巴甸街搬到灣仔，先搬到莊士敦道三一二號集成中心，又再到天樂里，最後搬到軒尼詩道一七一號地下直至結業（三益的故事詳見前文）。灣仔春園街早期也有書攤集散地，在公廁附近，中午和夜間都開檔。

灣仔道一帶靠近國泰戲院有間「釗記書局」，店內陳列不少中西書籍和期刊，圖書的質量也不錯，我在此處買過不少書。灣仔道二三四號的「波文書局」，主理人黃孟甫是年輕人，熱血方剛，雄心勃勃，除了重印書籍外，還辦《波文》期刊，又出版過幾十本香港名家的書，例如鄺士元、陳耀南、司徒華等，還有黃俊東的《書話集》。

說起《書話集》，我與波文書局也有一段小插曲。我曾經出售一批舊書給波文書局，也作擔保人擔保其重印書，因此波文欠我一批書款，但拖欠了很久都沒還給我。每次追收，給我的支票都不能兌現，最後只給我五十本《書話集》作抵償，我唯有硬着頭皮拿走。剛好那天下大雨，而我一個人怎能拿得動五十本書？只好先拿了十餘本，其餘放在街角的廢紙箱裏，但再回頭時已不見蹤影了。那十餘本已在幾年間售罄了，我一直都覺得失去這幾十本書非常可惜！若近年才出售，每本書價可過千元了。黃孟甫兄曾參選灣仔區區議員，這可算是書店界的光榮。不過他的名聲，也挽救不了書店沒落的命運，波文最終也結束了。聞說黃兄後來到了雲南發展，這幾十年來我都未再與他碰過面。

青年書局、老總書房

至於銅鑼灣和北角，百德新街、鵝頸橋登龍街、跑馬地成和道、北角書局街街市附近都有舊書攤。八十年代後，福建人也開了幾間書店，當中「青年書局」最為出色，該店原以出售佛教書籍為主，代理南懷瑾著述，後以寄售形式售賣舊書。當年香港藏書家方寬烈十分支持青年書局，買賣舊版新文學；曹宏威博士也是常客，經曹博士介紹我才認識此店。渣華道二十四號開設的「精神書局」，現已經是第三代經營了。「森記書局」位於英皇道一九三號。

位於炮台山城市花園商場的「老總書房」，由鄭明仁先生創辦已有三年了，成為舊書業裏的新進同業。鄭明仁兄人稱「老總」，逢星期四在免費派發的報紙「AM730」開設專欄「在舊書堆裏」，發表與香港舊書及出版相關的題材評論，吸引了不少讀者追隨觀看。老總還透露，有出版社將會把他的專欄內容集結成書，可能於二〇二二年出版，實在可喜可賀！老總從事傳媒行業多年，藏書甚豐，對香港新文學如數家珍，對圖書市場的買賣和規模瞭如指掌，他積極參與各大舊書拍賣行和拍賣群組的投書活動，也常與書友分享買賣心得。記得去年九月，我在拍賣群組上傳拍賣一本董橋的著作《馬克思的鬍鬚叢中和鬍鬚叢外》，老總知道後，火速到店裏觀看此書，還為其他書友拍攝直播這書的品相，將書品實況公諸同好。他懷着一顆熱誠的心為書友提供服務，不求回報，怪不得越來越受到書友和讀者的歡迎。

鰂魚涌英皇道、筲箕灣愛秩序街也有舊書攤，但記憶中柴灣就沒有書檔。

上環、西環的舊書舖

上環干諾道西三角碼頭，即現港澳碼頭到西區消防局一帶，有幾檔規模較大的書檔，其中最大的是何老大經營的書檔。他以售賣章回小說、木魚書為主，顧客大多是碼頭上識字的、有閱讀能力的搬運工人。有關「書聖」何老大，容我在下文再詳述他搬到砵蘭街後的情況吧。屈地街附近，九十年代西邊街有「順利圖書公司」、西邊街的「校友書局」和屈地街的「精神書局」（可惜它在二〇二一年十二月結業）。西環吉席街和卑路乍街也有書檔。

在我記憶中，港島區就是這些書檔和書局了。

過海九龍：復興書店、三友書店、精神書局、遠東圖書等

六十年代過海購書的情況是這樣的：我每天下午一時出發，到中環統一碼頭過海，在九龍佐敦碼頭上岸，經渡船街轉到西貢街，接着到廟街，再到達「榕樹頭」。榕樹頭周圍幾條街都有許多賣故衣、雜物、古董玉器的流動店舖，當然也有賣舊書的，細心挑選的話，可買到心頭好。

再由砵蘭街到奶路臣街，我每次約逗留一小時以上，都是今天看左邊的舖，明天看右邊的舖，這樣交替循環地看。大型的店舖我會專程進去打招呼，當遇到小型的檔攤生意淡薄時，我也會幫他們買點圖書，支持一下，所以他們收到舊書時，也會先留給我，這樣我收到的書便日漸增多。有時買得太多拿不動，會放在相熟的檔口，再托一位李伯幫我帶回中環，每次貨重三十斤至五十斤左右，付二元至三元人工便可。若論當時渡海費一毛錢的話，李伯也很樂意協助我運貨的。後來運輸渠道多了，我把書紮好，李伯用

手推車幫我把書交到指定的貨運檔口，貨運公司就把書運到中環給我。他幫我搬運約十年左右，我也很感謝他。

彌敦道到奶路臣街（即現銀行中心對面）是德仁中學，學校的圍牆有四米高左右，掛滿了各類圖書、雜誌、真假字畫等，擺設十分醒目，引來很多途人觀看，附近還有代人寫信和寫大字招牌的檔口。不過這裏的貨路不太適合我，故買賣的次數不多。

奶路臣街六號左右，有間著名的「復興書店」，店主葉柏芝先生原是紡織工人，後轉行做賣書生意，他把圖書整理得井井有條，書架上的書由地下一直擺到天花板，最頂放的是《萬有文庫》之《十通》、開明版《二十四史》《世界文庫》，近地下放大小尺寸不等的十六開、三十二開的文史圖書，讓人看起來洋洋大觀，可算是九龍區圖書排列得最好的書店。葉兄的岳父人稱「肥佬董」，稱得上是九龍區收買舊書最有本事的人，難怪葉兄店舖最大，圖書最多。葉兄還有一位在廣州文德路經營舊書生意的兄長協助，葉兄兄長經驗豐富見識多，他說買賣貨品時，若是自己未見過的，那麼無論買入和賣出，價格都可以貴點，因書以罕為貴，必定有人要的；買貨一定要新、品相要好，店舖陳列要整齊清潔。我在他身上也學到不少知識。

復興賣書是比其他同行貴一點，我曾在復興購一套亞東版的《獨秀文存》和《胡適文存》，當年六十年代索價五百元，已屬天價了。剛好與我有生意往來的海外圖書館問我有沒有這兩種書，我報價後他們需要訂購，所以我才敢買下復興的，從中賺取一點利潤。自此我養成了熟記同業書種、價格的習慣，當有客人查詢時，心中便再報一個價格，把同業的書庫當作自己的貨倉。葉兄在奶路臣街開店十多年，後到旺角火車站附近開店，聽聞貨路轉變了，改為售賣成人消閒類書種為主。

鄰近復興的「三友書店」，經營者是由廣州文德路來港賣書的，他們以買賣線裝書為主，我與三友交易甚少。「精神書局」於一九五八年由黃森老前輩創辦，最初在奶路臣街與通菜街交叉處擺檔經營，之後覓得奶路臣街八號舖經營十多年。賣體育類如太極、拳術，武俠如不肖生、還珠樓主，言情小說如傻人、楊天成等的圖書為主。現在已是第二、第三代繼續營運，書店搬遷到了北角，生意也不錯，舊書業有承傳者，真可喜可賀！

花園街七十二號是「遠東圖書」，店主林名毅是浙江人，早年在集成圖書公司工作，聽說因他姑丈熟悉海外圖書館，介紹了一些生意給他，他便開始收買舊書，後來積累的書多了，便開了書店門市部，幾年後搬到洗衣街樓上，以存放書貨為主，沒有開設門市部經營。他也到過台灣開書店，二〇一五年去世。數年前他太太曾叫我看過他店內的書，我出價後她沒回覆我。過了一年，聽說那批書賣給台灣的舊香居了。

新亞書店、實用書店

再說「新亞書店」，最初在「實用書店」隔壁，由鞋舖改為書店約經營一年，再搬到洗衣街八十三號地下，後搬上二樓，再搬上四樓。店主蘇賡哲先生主理收貨，他到九龍各地去搜羅圖書，下午與同業在他的書店聚集，以售給同業為主。先由實用書店龍先生看貨，接着才到我，他的書貨色不錯，我每次必有收穫，此聚會的情趣，蘇兄曾撰文記述。

蘇兄在移民潮時去了加拿大多倫多開「懷鄉書店」，香港的新亞就一直由蘇老太主理，夥記林兄協助。直到蘇兄回流返港，才搬到旺角西洋菜南街五號好望角大廈十六樓，開展舊書拍賣。拍賣由劉天賜主持，至今已有二十多屆了。蘇兄把舊書推到最高境界，值得讚賞！

而西洋菜街二號T地下的「實用書店」，由龍伯仁老先生打理。龍老先生是我敬重的同業前輩，待人客氣，奉煙奉茶，每次惠顧完畢，不論輩分，總是送客人到門口且鞠躬送別。實用早年的店名是「求實書店」，一九四九年到一九五〇年間出版進步刊物，幫助司馬文森過境，接待內地文人，經營以中醫書為主，兼賣針灸用品。

老人家八十年代與交流圖書公司合作供應中文舊書，後來不再合作，自行與海外圖書館做生意。他老人家出版過一套周作人作品集，有十多本，按原書影印內容、封面和版權，但書脊改為「實用書店出版」，可算是嘉惠士林，值得一記。實用之後搬到油麻地文明里麗星大廈三樓，他年已九十也繼續經營，但實用在他逝世後不久便結業了。龍老先生一生為圖書業作貢獻，敬業樂業，很值得我這後輩敬重！

「書聖」何老大

最後說說砵蘭街約三四一號的何老大舊書鋪。他的書鋪給人印象最深的是把書堆成小山一樣。我稱何老大為「書聖」，是因為他老人家來頭不小，他自述曾在商務做過貨倉管理，曾是兒童書局老闆，出版過兒童刊物。他來港後在香港三角碼頭擺檔開攤，在中環機利文街、北角渣華道、青山道、深水埗都經營過，最後搬到砵蘭街落腳。

我由老人家身上學到不少書籍的相關知識及處世道理，他說：「把圖書堆成小山，使人好奇，讓人覺得總有好貨埋在其中，激發人去尋寶。」還告訴我買厚書要到街市，買木魚書到紙紮店。厚書指年鑑、百科全書及電話簿等。聽他這麼說，我確實曾在中環的街市裏購得《上海年鑑》、商務版《百科全書》及不同年份的一二十本電話簿。街市的商鋪用這些厚書紙包豆豉、豬肉等食品給客人，而紙紮鋪賣木魚書，是賣給客家人燒給死去的先人看和讀的，尤以水上人家買得最多。對於今天的讀者來說，可能很難想像這種情況了，但「書聖」卻能想到這條獨特的書路。

何老大的書舖營業時間很長，深夜三點還未打烊，且從不關門。當時奶路臣街有很多流動買賣課本的攤檔，很多時因阻塞街道，而被警方扣留了所有東西，放在鄰近的旺角警署，何老大便委託相熟的人把這些東西取回，放在砵蘭街等那些攤主來取回物品。他老人家有此服務，旁人真的意想不到。

我曾在何老大那裏買了一百本商務版的柔石作品《希望》，起初我賣二三元一本，數年後賣到過百元，直到售罄。如果現在有貨，可能已過千元了。此書是香港商務印書館出版印刷，但未曾正式發行，怪不得如此珍貴。

我的書房

位於九龍的「我的書房」，由年輕人莫思維先生於二〇一四年七月創立，至今在太子和深水埗合共開設四間分店，被譽為香港首個「連鎖式舊書店集團」。我曾到莫先生父母幫他打理的太子分店探訪，再到深水埗店觀摩學習，發現書都是層層疊疊放置，這是舊書店地方小而書量多的無奈之舉。很多書友都對經營舊書店能否賺錢心存疑問，莫老太也說入貨多而銷貨沒那麼快時，書就會逐漸堆積，但扔掉又不捨，擔心如扔掉這些不熱門的書，有顧客尋找時便不能供貨，所以開完一間，又開第二間，貨多堆滿了又開第三間，以求為更多顧客提供服務。莫老太十分支持兒子創業，並全身心投入到書店業務中。聽說莫思維先生晚上還在特定時間把有價值的書發放到拍賣群組拍賣，以增加銷貨，真可謂：「不辛苦豈得世間財？」

旺角還有許多書攤以賣過期電影期刊、電視雜誌為主，有些以賣兒童刊物為主，有些以賣成人有味書刊為主，但這些書我較少收購。

鴨寮街劉伯

我通常會在下午四點坐巴士到深水埗鴨寮街巡貨。當年鴨寮街以賣故衣、二手傢俬、舊書為主，電器物品只佔很少部分。時移世易，今天的鴨寮街已以售賣電器及電子產品為主了。在鴨寮街我光顧最多的是劉伯的檔攤。他每天自行購一批書，還看看其他檔口有沒有適合我的好貨能買入，再轉賣給我。通常只要他開價不貴，我都樂意接受。

若遇到價格較貴的書，他拿不定主意時，會帶我去看貨，買成功了再付一些佣金給他。每次買一大堆書時，劉伯會把貨紮好送到我中環的店舖。

下午六時後，我會坐深水埗渡輪返中環吃飯，飯後到上環新填海地區買書，再到佐敦天后廟的廟街（即女人街）不同的店舖巡貨，十時後才返舖休息。這樣日復一日，年復一年，持續了二十多年，收足二十年的貨，成為我買賣舊書生涯的重要部分。有關九龍區購書的情況，就此告一段落。

何老大書山

「出口書莊」的出現

香港在上世紀二十年代到八十年代，凡購入中國貨品，如茶葉、中藥、成藥等，經銷往不同國家或地區的商店，都會在國家或地區後加上「莊」字，例如經銷東南亞貨的稱「南洋莊」，經銷美國貨的稱「美國莊」、「加拿大莊」、「墨西哥莊」等。而「出口書莊」這名稱，則代表提供專業的中文書刊給海外圖書館和研究機構的個體從業人員或商店。我查過《辭海》《辭源》《漢語大字典》和《漢語大詞典》，都未見有以「書莊」作為獨立的辭目，故只是行家口傳辭目。

經查閱更多的資料及圖片，發現在六十年代之前香港的舊照片中，曾有一間「興記書莊」，而這間書莊與我所提及的「出口書莊」有所不同，因為興記書莊曾出版書籍，如《英華機器大成》《無師自通英語南針》及《醫經精義》等，同時也兼賣文具，這點由一張興記書莊的宣傳月份牌便可知。月份牌由穉英繪畫，上面是一位穿着中國旗袍的女士，與五個拿着玩具的小孩，上橫注明「興記書莊」，下橫是油麻地上海街地址及電話；兩側分別寫着：「本莊發行中西書籍學校文具簿冊玩品」、「洋紙墨油承印大小文件仿單取價相宜」。經營項目一目了然，我估計興記書莊取名「書莊」，是方便行銷海外的，而創業應比「吳興記書報社」和「陳湘記書局」更早。

出口書莊的經營運作與文化界的圖書門市、批發和出版不同。上世紀五十至八十年代，當時因為新中國逐漸壯大，西方各國開始重視中文，各國圖書館的購書範圍，由過往只着重中國文化藝術方面，擴展到中國政治、經濟、歷史、地理、自然科學及工程等，尤其是地方志、族譜、少數民族研究，以及綜合參考類的字典、百科全書、索引類等，更重視收藏清末到民國出版的書刊，中國共產黨、解放區、抗日時期出版物，偽「滿洲國」及淪陷區書刊。多國大學增設中文系，各國政府與商業機構增設研究院，例如美

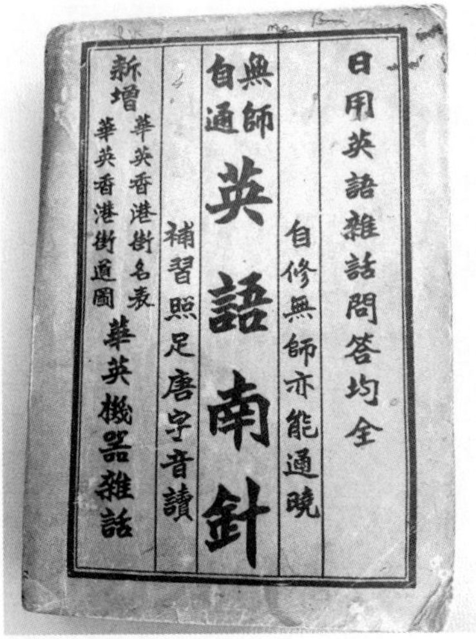

興記書莊出版的《無師自通英語南針》書封

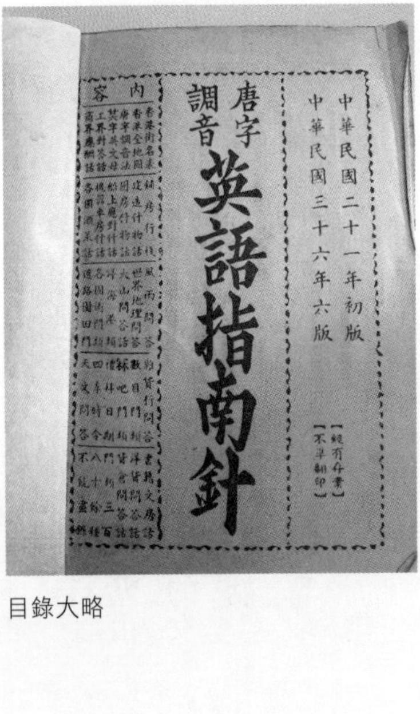

目錄大略

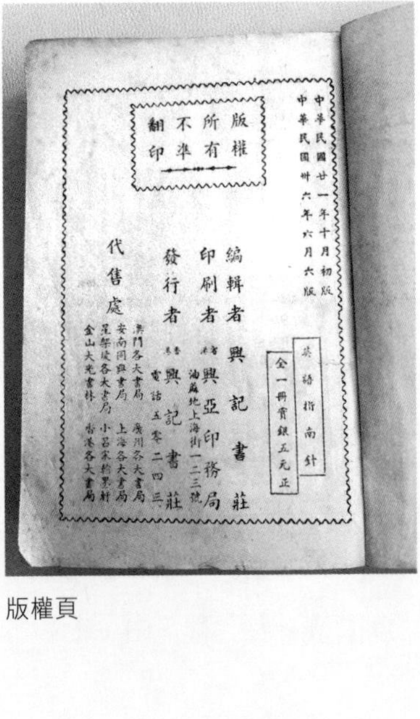

版權頁

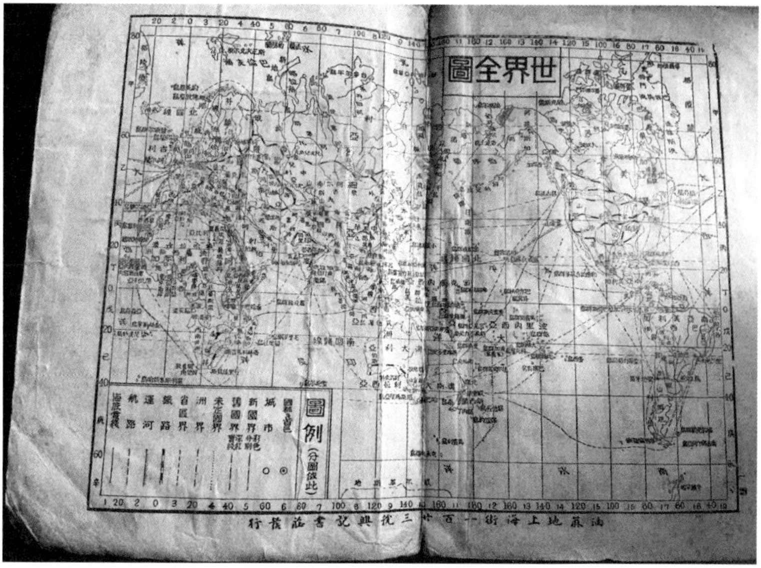

《無師自通英語南針》內頁地圖

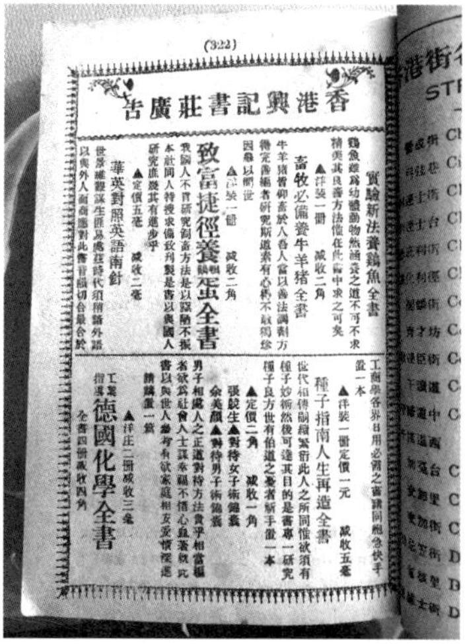

內頁廣告

國芝加哥大學、密西根大學、哈佛大學，更影響了美國各大州加設中文課程。美國國會圖書館收藏的方志、族譜藏量十分豐富。有美國駐軍的沖繩島開設專門研究中國的研究所，英國的倫敦大學、牛津大學、劍橋大學，澳洲的悉尼大學、加拿大英屬哥倫比亞大學、法國巴黎大學、日本的亞細亞經濟研究中心、早稻田大學等，都有漢學家和研究中國的專家。當年仍在留學的李歐梵也曾來信向神州購書。

書莊營運模式

出口書莊經營以報價為主，即編寫目錄寄給海外買家，部分買家自選需要的項目，如上海資料、新文學、宋史研究等，告知出口書莊，委託出口書莊報價給他們，讓他們再挑選購買。自行到香港選購書刊的買家們，通常到台北、東京和香港三地選購。買家特別喜歡在香港購買，是因為可以在香港買到左中右觀點不同的中文書。

出口書莊的報價單會列出書名、著譯作者、出版社、出版日期及價目，大部分售價以港幣計算，有少部分同業用美元、英鎊或其他貨幣計算。出口書莊把目錄寄給買家，買家挑選後，寫訂單寄回書莊，書莊即按訂單要求處理圖書，不論平裝本還是精裝本，都一律重新釘裝成冊，把訂單放入書內，副本發票附入包裹內，包紮好交郵政局寄出。一般海運寄出，若買家要求，也可空運。發票正本加填郵政局收件時間、郵件編號，然後空郵寄給買家，買家便按發票匯款給書莊。訂單多是美元計算，匯單保留期為半年。一份訂單除賺取書價外，還能賺取釘裝費、郵件包紮費，代支郵費一般是實報實銷。

出口書莊在銀行開設美金存款戶口，待匯率高時兌換港幣，這樣賺取差價會划算得多。出口書莊賺錢比書店銷貨多百分之二十至五十，故吸引很多人加入。當年出口書莊每年交商業登記費，到銀行直接取支票簿，開設美金戶口，到郵政局開設郵箱，作交易信件來往之用。

百分之八十的出口書莊是自己沒有購貨和存貨的，而是靠我神州提供書刊，並保留一段時間，他們視訂單款項多少，以賺取相應的佣金。有些出口書莊因與買家高層有人事關係，較容易取得訂單，報價單便指定給他的書莊發貨。大部分出口書莊同業都另有正職，有教師、十四座小巴司機，甚至水電工程師傅也會兼職做書莊。若他們的買家來港看貨買書，就帶到神州。試過最大筆交易是一位同業帶一位買家來店，買了過百箱用蘋果箱裝的書。又有出口書莊的買家來港購貨，但他沒有經營地址，我就借出我柴灣的貨倉作書莊地址，也促成了一些生意。

七十年代末期，海外買家購書的贊助基金很充裕，凡中文書都大量收集，有些同業曾自行多開幾間不同名字的出口書莊做生意。可惜好景不常，到了八十年代中期，隨着內地改革開放，圖書的進出口也直接及方便得多，內地與世界各地發展貿易，直接互相結算，不用再通過出口書莊搭橋才能完成交易，出口書莊就這樣迅速沒落了。

短短三十年光景，出口書莊在書店界也煥發過光彩，我認為值得記述下來，以向出口書莊同業致敬學習。

至於出口書莊的負責人，一般會經歷以下階段：先到書莊打工，掌握運作後，再自己開出口書莊。有關智源書局、萬有圖書公司、遠東圖書公司、實用書店、集成圖書公司的形成，我稍後再逐一交代。

各大書莊的興衰

我由集古齋出來後，創立神州圖書公司，也有職員廖志能在離巢後自己開店，在灣仔李節街開設賣書的店舖，但忘記叫甚麼名字。他曾經與智源書店合作搞日文漫畫書，但不成功。後轉為與馮文光合作搞書莊，可也不成功，最後移民去了加拿大，不知道後來發展如何。

智源書局與其關連書莊

「智源書局」六十年代在中環威靈頓街（即現在鏞記的位置）開設門市部，出版進步書刊，親近新中國立場，門市擺放日文書、海外各地明信片和眾多藝術書，還可以代訂世界各地報紙雜誌，經營作風比較前衛。智源書局的招牌是郭沫若的手跡，五十年代替北京訂閱各地報刊，同時與日文書店關係密切。那個時期日本實行外匯管制，香港的同業銷貨容易，收款卻很難，但通過智源代辦，卻可以順利解決問題，當然是要付佣金的。能讓資金快點回籠，我與同業都樂於支付佣金而快點完成交易。

我在啟文工作時經常送貨給智源，日子久了便對智源了解多些。智源的生意以出口為主，故負責海外交易的職工更了解海外的情況。六十年代初智源有位姓金的胖子，常常來我打工的啟文書局挑選圖書，說是自己要的，我老闆當然樂意以同業的優惠折扣給他報價，但做了兩年左右他就辭職了。據說因賭債纏身而離開了，真有點可惜。

後由陸國興先生接任，也曾與女同事來啟文私人訂購圖書，給我一點好處，要求我抄啟文的存貨書目給他，以作對外的報價，有需要再來訂購。這樣的方式也幫助公司多銷了一些貨。兩年之後，他在尖沙嘴自行開辦「交流圖書公司」，後來搬到旺角砵蘭街，業務交由陸太主理。陸先生到美國亞細亞石油公司工作後，利用公司方便經常到美國去，接觸圖書館和研究機構，與館內的工作人員相當熟絡，一接到圖書館的訂單，便給交流辦理，我的圖書也經交流代報價。

七十年代中期，他與實用書店龍先生合作，由實用提供圖書，交流直銷。經歷三年左右，二人因意見不合分開。當時交流認識中華書局的買手廖倫先生，此人很有氣魄，帶挈交流購買不少圖書。到八十年代，交流賣盤給王先生，王先生的寫字樓也繼續沿用交流圖書公司的名字經營，又在西營盤正街開「順利圖書公司」。最後王兄結束書莊方面的業務，改為提供內地書刊給香港政府各大圖書館。

智源第三代黃先生住北角，離職後當教書先生，開設「香港圖書公司」，拿神州的書單向有關係的客戶報價，生意維持十多年才結束。值得一提的是，曾在智源工作的利英奇先生，離開智源後，到旺角的波文書局工作，後在南京街開辦「南京書局」，到一九九七年後才結束。

萬有圖書、東方圖書同源一店

上世紀五十年代中環機利文新街十七號二樓有間「威林圖書公司」，經營西文書為主，兼代海外研究院、圖書館訂購中文書，後不知為何結束了。其中兩位職工繼續經營圖書業務，一位是田先生，在尖沙嘴開設「東方圖書公司」，另一位徐炳麟先生則在威林原址創辦「萬有圖書公司」。

兩位前輩都可算是早期書莊的創辦人。徐炳麟前輩是我在集古齋工作時已經認識的，還經常送貨給他。跟他熟稔後，才知道萬有的前身是威林圖書公司，當年是唯一直接為美國國會圖書館訂購內地新書及舊書、提供中文圖書的公司。只要美國國會圖書館沒有的書，一報價便要的。若是名人藏書，可以整批要。澳門戴恩賽的藏書也有不少是經萬有買入後，再賣給美國國會圖書館的。戴恩賽是孫中山的女婿，曾任粵海關總督，藏書與當年香港大學的馮平山圖書館齊名。

黃玉麟先生是萬有圖書公司職員，離職後開設「華文圖書公司」，經營多年，但成績不是很理想，因他還要協助外父做珠寶生意，分身乏術。約兩年後，萬有職工黃華章先生在旺角創立「漢文圖書公司」，生意不俗，與神州生意上也有來往。最後由萬有出來開書莊的人是郭勁賢先生，他創辦「文華圖書公司」，經營到一九八四年才結束。

「東方圖書公司」由田先生在尖沙嘴創立，據說他處事有些極端，得不到同業支持，買貨由田太負責。六十年代我經常在荷李活道舊書店與她碰頭，也爭購過舊書刊。東方職工當然也有跑出來自行開店的，但不到一年便消失，其中住在西環吉席街的陳先生，我與他來往有十年，但他的店舖叫甚麼名字我記不起了。東方的主要銷貨對象是香港的美國領事館和海外圖書館。

龍文書局

許晚成先生上世紀四十年代已在上海開設「龍文書局」，曾出版數本諷刺國民政府時弊的書，他是很早做調查報告出版的人，後來因戰亂在一九四九年來香港，在加連威老

蕭公權先生罕見的詞集《畫夢詞》，
萬有圖書公司出版

道繼續開設龍文書局。前輩挑選圖書有獨到之處，所選書刊都適合研究所收藏。他長期往來香港、澳門兩地收書，六十年代我與妻子熱戀期間，曾在澳門遇見過他且都有打招呼。我結婚時曾邀請前輩出席，他亦有赴宴到賀。

一九七〇年，小兒冠愷出世，他曾來電說找日過來看看小寶貝，不過最終沒有來。兩個月後，我接到實用書局龍先生的電話，他告訴我許先生去世了。龍先生同時通知了幾個同業，並相約第二天一起去拜祭他，問我是否也去。我覺得非常愕然，痛惜未能見他最後一面，所以回覆龍先生會一起前往。第二天我到旺角實用書局門口，與龍氏夫婦、許前輩的同居女伴（她與許前輩一起來過我店）會合，我們一行四人到和合石許前輩的墓前拜祭。其間問起許前輩為何走得這麼突然，才知道他兩個月前撲倒在士丹利街，就這樣離世了。這讓我想起大約兩個月前，在士丹利街馬會前圍了一堆人，上前探看，隱約見到有位男士暈倒在街上，當時未能認出是誰，但與許前輩跌倒的時間地點極吻合。我相信那次就是我與許前輩之間無意的道別了。

二〇〇〇年後有次到訪實用書局，那時實用已搬到油麻地地鐵站附近，我想起許前輩的書不知去向如何，只知都由他的同居女伴接手處理，把書由尖沙嘴搬到油麻地的家中，為保留前輩的心血一直捨不得賣掉。本打算向龍先生查詢的，但老龍因年紀大，聽力不好，記憶力也有所下降，所以根本無法問清楚，此事就這樣作罷。

大約八年前，江門的趙錦泉先生拿來一些書賣給我，我發現有一包用報紙包紮的線裝書，紙上寫着書名和價格，那字跡似是許晚成前輩的手跡。我記得前輩教導過我，香港天氣潮濕，線裝書容易受潮和蛀爛，可用油墨印刷的報紙包紮，這樣可防潮和防蟲蛀，一舉兩得，這番話我一直記在心裏。故向趙先生查問，才知道真的是許前輩的書，原來許的女伴被人發現倒臥家中逝世，家中的書被分散到兩個收廢站，趙先生就在其中一個垃圾站買了一批，但有部分已送到堆填區了。另一個收廢站的老闆識貨，要價甚高，有幾位行家看過都沒有成交，聽說後來由香港中文大學買下了，若然是真的，也算是大幸！

兩間遠東圖書、知識圖書等

用「遠東圖書」作為書店名的有兩間，九龍的遠東由林名毅先生主理，上文已交代過。灣仔「遠東圖書公司」，座落於銅鑼灣軒尼詩道大廈六樓，是陳先生開辦，他好像是福建廈門人。遠東的職員趙文龍開設「光明圖書公司」，還有一位黃兄住香港仔的，也開過書莊，後轉行做十四座小巴司機。

惲如梓先生原是集成圖書公司職工，後在旺角開設中山圖書公司，一九九七年後結業。

實用書店的職工馮文光先生曾在旺角開辦「知識圖書公司」。馮兄是位有魄力的青年，自己有線眼可在內地找到貨源。他生意蒸蒸日上，雄心很大，內地訂貨每種三十本，有些高達每種五十本，他不願批發給同業，自行買賣，最初可以應付，但後來存貨多了，沒有辦法，低價出售也沒有人要，原因是圖書太專業，以中國共產黨史，經濟類年鑑為主。最終在二〇一四年結業。

我記述這些書莊人物，是因為他們都曾經為香港售書文化作出過貢獻，但我深怕隨着時間流逝，會被人遺忘，埋沒了這段與書店有關的一小段插曲，故盡我記憶所及，將這些人和店記錄下來，讓這些人和事，在香港文化史中佔一小小篇幅。

與日本及台灣同業的往來

日本在上世紀六十年代中期開放外匯市場，促進了民間自由買賣，那時正是中國內地開始「文化大革命」的時期，日本學者掀起了研究中國的熱潮，對中文書籍需求大增，引致日本有售賣中文書刊的同業爭相來港訂購中文書。當中與神州有交易的有內山書店、朋友書店、采華書林、東豐書店等。其中東豐書店的簡木桂先生持續多年來港購書，每年都會按台灣—香港—內地的路線走一轉，光顧的金額由數千到數萬元不等。但他之後所購的內地書多過港版書，在港購書的數額也逐年下降，直到二〇一〇年，因年紀大已經很少出國了。

以學者身份來港選購書籍的有竹內實先生、研究中國電影的丸美女士和各地大學研究者。他們來店買書，總是由日本駐港領事館人員陪同。在香港圖書外銷日本的高峰期，可以說很多日本同業與學者都是為了購買中文書而首次來到香港，但隨着內地改革及發展，他們現時已可直接在內地訂購所需書籍，香港失去了作為中文書外銷中轉站的地位。

至於台灣同業與神州的往來，印象最深刻的是南天書局的魏德文先生，他喜歡收藏地圖和上世紀三十年代的月份牌，我委託廣州的朋友買了過千張月份牌來港，種類和樣式應有盡有，最難得是連貴妃出浴和現代人物裸照都有。魏先生十分滿意地選購了他想要收藏的品種。

二〇〇九年左右，茉莉二手書店的負責人帶同他們台大店和師大店的店長到我店購書，她認為神州的書很適合他們的銷路，說大家可以有更多的合作，並說她有多間分店，可以將神州貨倉的書全部購入。我引領她們入貨倉，因那時貨倉堆了太多書未及整理，她們選書很受阻，所以要求我將倉裏的書整理一份清單，她們再按書單訂購。這無疑是對我提出人生大考驗！我若有時間整理一份清單，便不至於書堆得貨倉和走廊水洩不通了。按神州當時的人手及時間，我根本整理不出這份清單，這宗本可成功的大交易結果就這樣不了了之。

台灣還有兩位姓任的兄弟，他們倆喜歡周作人舊版書，曾多次到我店搜集民國新文學。我曾賣過一套摺經本《大藏經》和清末民初的《申報》給他們，而每次購書他們都會愉快地離開。

台灣大學的戴國輝教授除了購買圖書和香港學報之外，還把店中的中式酸枝辦公枱連桌椅、酸枝茶几座一齊買回台灣，可算是滿載而歸。臨別前還不忘在店門口與我夫婦倆拍照留念。

澳門收書好地方

澳門雖是彈丸之地，也有不少清末民初的文人及遺民定居在此。他們收藏的舊書、文玩、雜物也不少，其中有一位戴恩賽先生，是孫中山先生的女婿，他的藏書量可與香港馮平山相比。

澳門早市與爛鬼樓

澳門蓮溪廟前有一片空地，每天早上六點至十二點會有十餘檔地攤聚集，賣故衣、古玩、舊書、雜物等，有澳門早市之稱。其中幾檔專賣舊書，包括民國時期期刊、澳門和香港出版的左派刊物、人民畫報等。我曾在此處購得澳門出版線裝本《婦孺報》、民國版刊物、鄭觀應出版線裝書、澳門和香港出版年鑑等。

中午及夜晚，我會到草堆街爛鬼樓地攤巡貨收書，此處所售多數是章回小說和流行小說，其他雜書也有，但不多。爛鬼樓有位人稱大石的石哥，他是最早購買少部分戴恩賽藏書的人，但此人脾氣古怪，要價甚高，買賣大多數不公開，總是私底下偷偷進行，令氣氛十分緊張，我與他交易五六次後，石哥就轉行做古玩生意，從此沒再交易了。

文集書店

上世紀六十年代澳門最大的舊書店，非文集書店莫屬。文集最初在爛鬼樓擺地攤，後搬往草堆橫街，最後遷到清平直街。創辦人是張源，就是我妻子菊華的二堂叔。二叔學歷不高，只有小學程度，但不礙他在舊書行業的發展。他為人不錯，很念家鄉手足之情，唯嗜酒及好賭，多次欲戒掉陋習但都不成功，最終因飲酒過多而患病去世。

二叔早期在香港生活，後來才在澳門安家置業，他因為擁有香港身份證，可以自由往來港澳兩地。因他有往來之便，很多同業便委託他在兩地交易舊書。戴恩賽的藏書也是經他帶到香港銷售。據我所知，這批書有很大一部分被香港萬有圖書公司的徐先生購得。

在文集書店，我認識了同是喜愛買書的湯遂石先生，他是一家錶帶廠的老闆。有一次，他把一批因火災弄髒的圖書賣給我，我見當中有台灣版的道藏書籍，所以沒因這批書髒而壓低價格，反而給了合理的價位給他。經此一事，他覺得圖書也有利可圖，便開始在澳門收購舊書，放在神州寄售。九十年代索性來港發展，在皇后大道中得雲茶樓附近開設了一間清華書局，後因原址遷拆，搬到士丹利街金禾大廈二樓一單位繼續經營，惜兩年後結束了營業。

澳門萬有書店與汪孝博老先生

爛鬼樓區木橋街有間地舖，也叫萬有圖書公司，由年輕人李欽國先生開辦，他父親則在樓上代客翻譯葡文。李先生收書不多，多數由爛鬼樓收買佬供貨給他，有時也有好書叫賣。

澳門龍嵩街近新馬路有間舊書店，內有民國出版的良友小冊子、上海明星照片等出售，顧客入店才開燈經營，我每次去澳門都會到走一遭，可惜這店幾年後因舊樓清拆而結業。

值得一提的是，住在荷蘭園的汪孝博（又名汪宗衍）老先生家學淵源，與汪精衛有點親戚關係，我猜他是民國遺民。他跟香港余少帆老師在香港組辦了蘇記書莊，蘇記書莊在一九四九年前已經開始從北京、上海、廣州等地郵購書到香港。我估計蘇記也是香港最早售書往海外的書莊，因為余少帆老師的兒子曾經多年都拿我神州的售書目錄作為他的書目寄給海外的客戶，他有生意時也帶動了我賣貨。但汪孝博老先生不太喜歡說自己的歷史和過往的事情，因此我也不敢證實我的猜測。汪老先生熟悉澳門舊書古玩店，熟知舊書門路，你向他求購貨品，他都有能力盡量滿足你的需求。我與汪老先生除了有舊書交易外，也買過他幾幅字畫：伊汀洲和陳東塾的字軸，居巢和劍父的作品。他還介紹過我買人家花園的太湖石，這樣一來，我不止買書，還買太湖石返港，真覺得自己也像一個收買佬。汪老先生晚年搬回香港筲箕灣定居，曾協助香港中文大學鑑定字畫，直至在香港終老。

報價單由手抄轉打字

七十年代影印機還未普及，更別說電腦了。神州因要出版目錄報價單，最初只能採用手抄報價形式，再加用碳式複寫紙（過底紙）抄印，每次只可印三至四份，實在十分費神耗時。後來經朋友介紹，我找到深水埗的馮兄，他擅長謄寫臘紙油印技術，他的字體清秀，經常為電影公司謄印劇本和場記。

利用謄紙作印刷版面，用油墨可將每頁印出二百份都不走樣，十分整齊。我每次交給他一份底稿，他按規格，大約印成五十份，再合釘成一冊小本子，我就派給顧客或寄往海外訂戶，以便宣傳和推廣。

不久，國貨公司有中文打字機出售了。我十分好奇，專門到那裏觀摩，原來中文與英文打字原理基本相同，不同的是英文打字機以二十六個字母、十個數字及十個符號組成，而中文打字機字盤則平放，可以上下左右移動，部分難字可以用部首合併成字，字體可印得更細小。因此同樣大小的版面上所印的字數，就比油印多許多了。於是我決定買一台，利用這中文打字機每月出版目錄小冊子外，還編了幾份專題目錄：《魯迅研究與新文學參考書目》，以及當時同行重印民國版、內地版書刊彙集成的《七八九種書目》等。神州出版的《魯迅畫傳》，都是利用這台中文打字機來作文字說明的。這對於我來說，可算是一個突破。

神州舉辦「魯迅逝世三十九週年紀念展覽」

我想詳細談談我利用中文打字編印的《魯迅畫傳》。

買賣書籍是我本行生意，入行幾年後，便想舉辦一次魯迅展覽會，因此一直在收集魯迅著作的不同版本、魯迅研究專書、魯迅手跡書信及魯迅圖片、照片、國畫和宣傳畫等資料。儲料豐富了，我把手頭資料按年份排列，以十六開本出版了四百三十一頁的《魯迅畫傳》一厚冊，並請黃俊東先生作序。黃兄用墨筆寫序，我用中文打字將內容排版，把他的簽名貼在序後，原稿珍藏數年，但後來不知放在哪裏了。

我先印好《魯迅畫傳》，再編輯一份《魯迅研究與新文學參考書目》，內容和材料，都是收錄同業、街坊書局有關魯迅研究的各種印刷品資料，引起當時愛好魯迅一眾的注意，得到他們的珍重。過了幾年，有同業收集更多與魯迅相關的資料，彙編了一套二十一編的中國現代作家作品研究叢刊《魯迅卷》，掀起了短暫的魯迅熱。

我覺得時機成熟，就決定在舖內舉辦「魯迅逝世三十九週年紀念展覽」，展覽日期是一九七五年十月十九日至同年十一月十九日，展品除小部分是由讀者借出外，大部分都是自己的收藏。我自印街招廣告，在自己店舖附近街頭張貼，以作宣傳。

開展那天，一早便有人來參觀，大家都覺得好奇，有些人更仔細閱讀有關展品內容，當中一項——上海良友圖書公司出版的一期雜誌《魯迅逝世專輯》，吸引了最多人駐足細觀，議論着為何國民黨容許良友出版魯迅的專輯，認為實在難得。我在舖內以專櫃放置魯迅的書刊與研究專書新版，部分由同業放置在我店寄售，當日的貨品以八折促銷發售，家人和同事都忙得不亦樂乎。

展覽完畢，有團體和學校來店洽商借用魯迅的物品搞展覽，我當場欣然同意，不過借讀者的展品已歸還，只能將自己收藏的借給他們。順便一提，我編輯的《魯迅畫傳》本來打算委託香港發行社發行的，但發行社負責人說當中一幅徐悲鴻畫魯迅與瞿秋白的合照需要刪除，原因是正值內地批鬥瞿秋白，出版物不能出現被批鬥的壞分子。我反對，因作畫的是鼎鼎大名的徐悲鴻，這只是一幅反映事實的文獻畫，不是歐陽文利自己創作加添的！結果合作商因這點意見不合，致磋商不成，不肯為我發行《魯迅畫傳》。

現在回想起來，也覺得自己當時年少氣盛，處事不夠完善。於是印刷好的五百本只能放入貨倉，三十年來搬倉數次，每次也清減一些，算起來流傳和販賣的應不到一百本，現在可算是「賣花之人插竹葉」，連一本也沒有給自己留下，實在可惜得很。看以後能否有緣分，再由讀者手中收回一本《魯迅畫傳》以作留念了。也因為出版書籍會與發行商產生分歧，而不能把自己的意願完全反映出來，我便專心只做書籍買賣，不再編書和寫文章，一直維持至今。

海外回購《魯迅畫傳》

二〇二一年十月，有位熱心的書友買了拙作《販書追憶》後，看到內文提及我多年前編《魯迅畫傳》一事，他剛好數年前買過一本，閒聊間問及現在是否還有售賣。可惜的是我自己也沒有存貨了。於是他馬上主動展開網絡搜尋，並告訴我日本鶴本書店和東城書店還有《魯迅畫傳》出售，但兩店合共只有三本庫存。很感謝他告訴我這消息，剛好我有一位外姪女在日本留學，我便委託她代購買這書。十一月十二日，終於收到由東洋快遞過來的三本書。這書自在港售罄後，我一直很懊悔自己沒留一本，現在輾轉由日本回購到手，成本雖高漲了很多，但能再擁有已是莫大的欣慰！

之後我試着把其中一本放在網上發售，看能否給愛好魯迅的書友提供一下參考。結果在十二月十一日，一位來自浙江省臨海市的崔先生訂了這本《魯迅畫傳》，並請我在這本書上簽名，同時還買了一本魯迅先生的《中國小說史略》。他發訊息告訴我：「最近在讀您的《販書追憶》一書，很棒很喜歡。」他還說所買的《販書追憶》毛邊本紙質很好，封面手感好像絨毛的感覺，問我是布面還是其他材質，因他之前所接觸的書沒有這種手感。我告訴他這是紙質封面，裝幀設計和選材都是出版社安排的，很高興他連裝幀都覺得有點特別。

舊書買賣就是這樣，由一本書，可以結交一位朋友，買賣一本書，可以發生許多小故事，延續許多書緣與人緣。

魯迅研究資料選編丙種

魯　迅　畫　傳

主　編：歐陽文利
編　輯：紀念魯迅逝世39週年編委會
出版者：神州圖書公司
印刷者：澳門一鳴印刷所
經售處：港九海外各書局

1975年12月　初版

《魯迅畫傳》書封及版權頁

編後記

「魯迅畫傳」出版，說來是與黃俊東老師一段談笑，現成爲事實，心中流露出一點快慰。我本人經營神州圖書公司不覺九年，回顧九年中工作正如黃老師前言所說：「買書、賣書、重印書籍，盡力供應資料讀者與圖書館，及研究機關。」我以圖書事業爲糊口。閒中翻閱近代出版界先輩；孫殿起、張靜廬、鄒韜奮、王雲五等人對文化事業和魄力，自當慚愧。在歲月中從我手中看到和接觸到有關中國資料、圖片不少，從手中溜到各地，甚感可惜。經常沉思效法先輩精神，自行整理，在環境許可自行出版，供諸同好，略盡綿力。

「魯迅畫傳」出版是我本人作大胆嘗試，當然我本人學歷與資歷微薄，祇能作拋磚引玉，不妥欠善之處，懇請讀者指示，容日後再增訂出版。

現在本人想向讀者交待幾點工作處理方法；使讀者明瞭我們的做法，處理是否合適，希望讀者多多指導。

編輯方面：最先想法「畫傳」分爲三個單元獨立處理（圖片、藝術作品、書影。）但經過大家討論覺得比較脫節，不能反映出魯迅當時形勢與寫作動機，最後採用綜合方式，以年月份排列，看來更能表達。

目錄方面：按一般書藉頁數先後，排列目錄次序，發覺這項工作以具有年譜性質存在，於是我加以整理列明魯迅生平幾項重要變動，（幼年和紹興、求學、留學、返國教書、在北京、在厦門、在廣州、在上海、逝世）作大綱，下列以年份爲目，圖片盡量按月份排列，這樣看法更能好好反映出魯迅生平。但我們搜集到幾項與魯迅有關圖片，覺得取捨它，有點可惜，經過大家商量，整理好作附錄（可參見目錄中附錄細則）•

整理按語：說來整項編輯最困難之事，原因是參攷各家所編年譜和大事記，說法一年中沒有很大距離，月份中處理說法不一，我們採取客觀比較；查閱其他參攷書作總論排列，出版物盡量取原版書藉校勘，按語採用短少文字，盡量發揮圖片突出魯迅事蹟。懇望讀者專家指正。

俊東老師指導和鼓勵•陳武博先生（在香港經營船務公司，對中國文化甚濃厚興趣。）借出圖片，並題字•並一一作謝意。

歐陽文利
一九七五年十月寫於神州圖書公司

《魯迅畫傳》編後記

魯迅與瞿秋白　（素描）　徐悲鴻作

·227·

《魯迅畫傳》中徐悲鴻的畫作

《魯迅研究與新文學參考書目》書封

專業人士購書趣事

光顧神州的客人可以說來自五湖四海，遍及各行各業，記憶所及的專業界人士有以下這些。

法律界：梁愛詩、葉健民、李全德、黎龍柱

我幫前律政司司長梁愛詩訂過幾次黃永玉的書，後來才知道黃永玉是她的舅父。梁司長談吐溫文爾雅，在電話

的另一頭都感受到她的客氣有禮。她所訂的書到齊後，我會叫兒子把書送到梁司長在金鐘的寫字樓，她親自接見了我兒子，還讓秘書沖了杯咖啡給他，連往來交通費都吩咐秘書交付給他。

葉健民律師是一位愛書之人，我早年在士丹利街開店時已與他相識。由於他的寫字樓就在神州附近，所以經常來店淘書，最喜歡收藏線裝書。他曾試過因收藏的兩套線裝書有蛀痕而很苦惱，問我如何修復。我叫他把書帶到書店，託我太太為他修補。當他取回修補好的書時，很是感激我太太的幫忙，還對這修補技術讚不絕口！我買下柴灣貨倉時，委託葉律師為我辦理買賣事項，他好奇我為何把貨倉選址在老遠的柴灣，當時柴灣連地鐵還沒開通呢，於是要求到我貨倉參觀一下。相約了一個時間，我便帶他到貨倉參觀，還記得當天他穿着便服。貨倉的書比門市的多得多，他逗留了半天，挑了很多他喜歡的書，很滿意地離開。他是神州第一位入貨倉買書的客人。自我二〇〇七年連門市都搬入柴灣後，我們往來便少了。最近一次他來訪神州，是二〇二一年十二月，但我們彼此一點也沒生疏，仍然親切回顧笑談往年事。

李全德大律師也是神州的常客，他喜歡買中西歷史和哲學書，每次都會買好幾十本，我雖搬了幾次舖，但每間舖他都會來惠顧，就算柴灣遠一點，他仍經常光顧。記得神州在士丹利街時，他買了多副雕刻木對聯，說有空時喜歡更換一下對聯，這樣可以輪流欣賞各副對聯的字體和領會不同對聯的意思，同時也給空間營造一種新的感覺。

黎龍柱先生也是在律師樓工作的，他收集很多版本的聖經、香港史資料、各種宗教與中國相關聯的書籍。我曾向他借了黎晉偉著的《香港百年史》，影印數份給有需要的人士，嘉惠士林。九七年黎先生退休後，把全部藏書讓給了神州。

會計界：梁學謙父子和方先生

會計界的梁學謙會計師因為經常到陸羽飲茶，所以也常到神州買書，他多數買太極、氣功、中國理學的書刊。他兒子在海外讀書回港後，也會隨父親一起到來，兒子喜愛搜集上海市資料，兩父子各有所好。梁會計師近年年紀大了，較少來神州，反而他的兒子因有貨倉在柴灣，所以空閒時會到神州搜尋心頭好。一個人淘書的趣味和愛好會隨年月的變化而有所改變，去年開始，細梁生的喜好轉為買拍賣行的特定拍品圖錄。細梁生也是一名會計師，子承父業，可謂一門雙傑！

會計師方先生是我在士丹利街時認識的，他多數購買線裝書，喜歡民國出版的刊物，尤其是上海出版的書刊，後來轉為專門收藏上海三十年代月份牌、香港的月份牌和香港歷史資料，還自行組織基金會，收藏的物品都以基金會的名義來買賣。多年未見，聽說老人家後來把收藏品都捐給政府機構，讓他的收藏有了最好的歸宿。

醫學界：杜澄愷和許愛周

醫學界的人士有中環陸佑行的杜澄愷醫生，他是我家早期的家庭醫生。我店與他的醫務所只一街之隔，他來店多選圖片和畫冊，說翻看這些畫冊有助減壓，後來又買篆刻書刊，原來他在學篆刻，還笑說篆刻要有耐心及有助手指保持靈活，與手術工作相得益彰。

許愛周老先生曾到神州找一套《資本論》，我不久後找到告訴他，他請我拿到中建大廈給他，興致起來笑說：「難得『資本家』也要研究《資本論》。」

學者來店的很多，最早衛聚賢和羅香林兩位老師經常來店購書。聯合書院阮廷焯博士、《國史論衡》的作者鄺士元先生、買字畫的常宗豪老師等也常來。還有很多我都未敢請教大名的，這些顧客的廬山真面目就不得而知了。

談昔日重印本

說到重印，其實和翻印、影印、盜版等，都是同出一轍，但「重印」給人的感覺比較文雅，不太刺耳，故同行的人都愛稱為重印本。香港六七十年代很多書商都採用據舊版本重印的方式賣書，重印後在外封及版權頁上加上自家店的名字、日期，就當作自家出版，總括而言都是重印的一種。而重新排版是否屬於重印呢？那就不敢下判斷。

古代好文章被人爭相抄寫傳閱，以「洛陽紙貴」作比喻，沒有版權可言。到現今，盜版的話是要負上法律責任的。民國時代重印醫書、古籍名著、太極書和拳術書都很多，民國版傅東華翻譯的《飄》，翻印本充斥着市場。而魯迅為免惹版權爭議，會在版權頁上貼上自己的版權標貼，這樣正版與翻版就一目了然了。

上世紀六十年代初，香港世界出版社重印良友版「新文學大系」，開明版《二十五史》和《清史稿》可謂轟動出版界。中流和南國出版及排印新文學巴金作品、錢穆的《國史大綱》和《中國歷代政治得失》等大學必備參考書，這些隨街都可以買到。到六十年代中期，因應海外需求，有關政治、經濟、學術和資料書都是重印的，可以說凡是書業和書莊都加入重印的行列。

其中值得一提的是重印《全國中文期刊聯合目錄》，也是轟動海外學術界的一件美事。此書在內地由一九五七年底開始徵集資料，至一九六〇年完成，調查了一八三三年至一九四九年中國和機構收藏期刊的情況，十六開本共一千二百多頁。這本巨冊花費了龐大的人力物力，帶給海外的信息是：中國共產黨是尊重歷史成果的，不會一面倒地排除民國時期出版的所有東西。

香港書莊漢文書店重印無政府資料；知識書店重印《中國共產黨資料》十冊；東方書店重印線裝本鄭振鐸《古本戲曲叢刊》；澳門文集書店重印侯外廬《中國思想通史》和《國榷》等；旺角奶路臣街復興書店重印馮志鵬著《中國動物生活圖說》；波文書局重印王瑤的《中國新文學史稿》。創作書社許定銘先生重印的書以新文學書刊居多，其中重印過端木蕻良的作品，還引來作者來函要求買回自己的舊作，收到書後作者心情很激動，寫下數篇關於這事的回憶之作。實用書店重印的周作人作品，成為嘉惠士林的佳話。

當年重印的風氣極盛，甚至連私人也加入到逐利的行列，詩人及藏書家方業光先生也加入到重印書的隊伍，他重印商務版的《義和團運動》和周作人著的《過去的工作》。龍門圖書公司重印抗戰時期的《文史雜誌》，部分因土紙印刷紙質差劣，影印後字體就更模糊，所以採用重新編排印刷而成。龍門還重印《魯迅卷》《語文彙編》、張靜廬的《中國出版史料》《燕京學報》等，論印刷質量，龍門可算是最好的重印書店。一山書局重印日本編印的《毛澤東集》十冊。一九八四年後，因涉及版權問題，引發爭論激烈，大家都收斂了許多，主要原因是內地出版業發展蓬勃，開創更多更廣的題材，甚至圖書館也應付不下這麼多書籍的種類，香港重印書的發展就此告一段落了。

但重印書應有其發展空間，內地也曾重印民國書刊和新文學著名的《孤本舊方志選編》《偽滿洲國期刊彙編》《小說月報》《中和雜誌》《文物》《考古》等。我相信以重印本保存舊書這方式是不可以取締的，因重印這類書有助學術交流，讓愛好者得以更普遍地使用資料，且售價比起堪比古董的原版較為便宜，也是惠及讀者的一大美舉。

重印本《獵影記》，良友圖書印刷公司出版

重印本《宋教仁》，正中書局印行

重印本《虎邱山小志》

重印本《論胡適與張君勱》，
新知書店發行

重印本《榮哀錄》，
新力出版社出版

重印本《中國工業史》，
中國圖書公司編輯印行

第四章 八十年代至今的轉型及展望

父親退休到店幫忙

我父親從事銀行工作多年，退休兩個月後，他說：「在家沒有事做真的十分苦悶，想找點事做做。」我告訴他可做以前沒空去做的事情，如耍耍太極或參與一些義工工作。他說：「耍太極不用全天去耍，做義工的話，我不如幫兒子做一些義務工作更划算。」我拗不過他，於是安排父親到柴灣貨倉工作，由整理期刊入手。

我多年以來購入的期刊可分為兩部分：一、內地出版的期刊；二、民國以來的舊期刊與港台版期刊。以往因沒整理，放得太亂了，顧客想找期刊，我一時三刻也無法能找到。因此我首先要求父親幫我整理期刊，按我在集古齋所學的五角號碼分類法來處理。這方法實際上是把王雲五創立的四角號碼簡化為五角號碼，運用書寫中文字的首筆劃作編號：一橫二直三點四撇五角。例如：神的第一筆是「丶」，即是三碼，以此類推，則州是三碼，圖是二碼，書是五碼，文是三碼，玩是一碼，公是四碼，司是五碼。

用五角號碼分類法整理期刊時，先按期刊刊名的第一個字來把所有期刊分成一、二、三、四、五五堆，再將首碼是一的那堆按第二個字分成一一、一二、一三、一四、一五共五小堆，最後將首兩碼是一一的那堆按第三個字分成一一一、一一二、一一三、一一四、一一五共五小堆，這樣只要你找頭三個字，就能查看那期刊分在哪處了。上架時先把每種期刊按年份裝進膠袋或用膠紙十字捆綁，一年齊全不缺期的作一套，散本不全的作一紮，再按已編好的首三碼編號順次序入書架，然後在書架上貼上編號就完成了。舉例說，找《文物考古》期刊，查三四一在哪個書架便可以了，任何人都可以輕易地按這方法查找書刊。很多客人也曾諮詢過我如何分類，我也樂意把這方法介紹給他們，藉此機會也宣傳此法，方便大家。

父親就這樣將我貨倉的全部書籍都編排了一遍，很感謝父親的義務相助！

八十年代兼營懷舊文玩雜物

神州銷貨一向以圖書為核心，但八十年代中期開始，售書營業額大倒退，生意一落千丈，經常出現虧損，只好裁員減少開支，員工最少時只餘下太太、三弟和自己三個人支撐維持。當時我既要供樓，又要歸還銀行貸款，經濟捉襟見肘，因此想在店內兼營銷售其他物品以維持經營。起初打算走回頭路：買賣字畫，兼營古玩生意。但準備入貨時發覺來貨價值不菲，銷貨、客源是最大問題，現金週轉都出現問題，生意更加陷入困境。

剛好在這時，趁着往廣州探親的機會，尋到一處生機。當時廣州帶河路舊物市墟日夜都在經營，且交易暢旺。當中的月份牌、文革畫、墨硯、小件瓷器、宜興紫砂茶壺、新舊版線裝書、民國版舊書和書版等等，成本都不太高，較適合我嘗試開拓新的門路。於是與家住帶河路、在舊物買賣方面較有經驗的姻伯李閱祥老先生合作，由他負責為我找貨，我每週上廣州一兩次，結賬及把貨品帶回香港。合作十年多，後因李老房屋要遷拆，加上他也年老不夠精力，才終止了我們的合作關係。之後這類買賣再沒有叫人合作，存貨盡量賣出，就不再入貨，原因是士丹利街重建，如再租地舖經營書店，就更加難以承受租金的加幅，這給我造成很大的困擾。

但就因為兼營了這些物品，方能於經濟危機邊緣挽救了神州，並為神州的經營增添了色彩。我想藉這機會說說經營這類物品的始末。

文革時期物品

一九六六年至一九七六年文革時期，當時的印刷品具有相當濃厚的文革氣息，鋪天蓋地都是宣傳毛澤東的產品：毛章、文革宣傳畫、語錄、座枱毛像、擺件、宣傳文件、各地小報等，可謂洋洋大觀。

隨着文革時局的變化，售賣的商品內容也隨之而變，最初把林彪的地位抬到很高，後來林彪叛變，形勢也跟着改變，群眾把《毛語錄》中有林彪題字的「四個偉大」都劃去或撕掉。宣傳畫的變化更大，因運動而改變的形象宣傳，如雷鋒就變更了三次。

當時又出現一種新產品：絲絨印刷品，是用絲絨磨成粉末狀，在選取的圖案上塗上膠水，經過靜電處理，此畫便有凸起的效果，立體感強，有別於一般印刷品，很是特別。塑膠毛像最初以擺件呈現，被人們認為是先進的產品，深受群眾喜歡。

文革畫我通常都會入貨過百張，例如林彪與毛澤東合照流行全盛期，大大小小的宣傳畫，有近三至四萬張，《毛語錄》過千本。不過存貨在二〇一〇年後就賣得所剩無幾了。直到二〇〇九年首次參加香港書展，我把《毛語錄》展示出來，吸引了許多年輕人拿起來拍照留念，還模仿文革時紅衛兵在天安門高舉過頭，揮動《毛語錄》，算是留住文革時代產物的新風景。

曾有兩次一筆過賣出過千張文革畫，第一次是二〇〇四年士丹利街店鋪搬鋪前，一位外籍人士買了店內所有宣傳畫，後來還出版了文革的專書圖冊。另一次是二〇一六年在柴灣，一位來自武夷山的自由行遊客陳先生，差不多把庫存的宣傳畫全都買光了。現在貨倉中的文革畫已寥寥可數了。

月份牌懷舊紙品

清末至民國三十八年的月份牌，是另類藝術收藏品，糅合了西方繪畫手法，坊間也有多本專門介紹的書籍，這裏我就不詳細介紹了。記得當年在中環開印刷店的馮先生，買了很多這類畫，張義老師和小思老師也購了一些作自己欣賞或送朋友之用，台灣的魏先生和北京潘家園開店賣畫的胡先生，專挑品相好的入貨，因此現在留在店內的，都是有些殘舊的了。與教育有關的紙品及畢業證書，小思老師也收購了不少。而清朝的木刻、稅單，張義老師也買了許多。清代舊地契則是許多收藏家喜歡的。

瓷器和雜物

瓷器主要以小件的文玩擺件為主，例如水注、筆洗、筆架、印色盒、瓷硯。我搜集到的瓷硯在香港算數量較多的了，一位吳先生只要見到新到瓷硯就必買，他說已收藏了近三百件瓷硯。紫砂茶壺，我入貨約有千餘把，在中環做包伙食生意的李伯，獨愛買紫砂茶壺，有時看到新到貨，會買數十把，用幾個蘋果箱裝滿，用手推車運走。

銅器和錫器一般是祭祀品和擺設居多，而銅造的生產工具有魯班尺、槌、刨子等，金木（古老房間窗花木雕塗金）、書版木刻、木刻活字粒、竹刻筆筒、臂擱，還有玉器和玩具、煙灰缸、鐵煙盒、汽水瓶。印章曾收過吳昌碩和黃士陵刻章等，木刻活字粒絕大部分都被張義老師收購了。感謝眾多熟客的支持！

這些懷舊文玩，在我最困難的日子，助我渡過了難關。

九十年代上門收書

一九九五年後，購貨發生很大變化，購書途徑變換，巡書攤購貨已經不合時宜，而轉為上門收書或顧客親自把書拿到店內賣給我們。七八十年代是移民高峰期，很多書主都會清理書籍；不過八十年代後期，很多移民人士將家具及書用貨櫃運送到外國，這種因移民而清理書籍的情況就減少了。

上門收書最初以熟客介紹為主，書主大多數是因環境變遷、搬屋或裝修，想清理舊書，為收藏尋找新主人。所以我們都盡量不挑書，全部先拿回店裏。

因為神州主要售賣文史哲類書刊，這些回收的書種五花八門，有部分並不適合我們，例如漫畫、現代言情小說、社會科學、心理學、西方哲學、政治、經濟、自然科學、數理化教材書刊、電腦編程及外文書等，數量越來越多。地方有限，我會先把這些書放在一角，有學生要做學校義賣，請求我們捐書的話，我很樂意把這些書捐給他們，也有捐回圖書館。同時，擴闊買書的途徑，門市多加添一些書籍種類，中醫、西方哲學和西方文學、體育類中的中國功夫、象棋都放置到書架中。隨着懷舊熱、毛澤東熱的興起，門市開闢了香港、上海、毛澤東、港台版新文學專題的陳列，使神州達到前所未有的發展景象。

魯金老師與《廣東通志》

記得梁濤（魯金）老師有套線裝本《廣東通志》共百多本，佔地不少，叫我代賣，

香江速遞

魯金

出售舊文物的地鋪

在香港出售舊文物的商店大多數是開設於大廈的商場鋪位內，甚少開設於地鋪中，原因是地鋪的租金昂貴，動不動月租幾萬元。出售舊文物雖然利錢很高，但也難維持，很多文物店的老闆說租地鋪開舊文物店，賺來的錢等於同業主打工，因此他們甚少租地鋪經營。

最近筆者行經中環士丹利街，見到一間開設於地下鋪位的舊文物店，裏面有很多罕見的舊文物，其中有一套容易爲收藏家忽略的是一套公仔紙，這套公仔紙是國內印製的，畫工很平凡，而且着色也很差，不過卻是照金庸的武俠小說繪成的。

現時本港收藏家有專門收藏金庸的武俠小說的，其中收藏早期的兩毫子一本的薄本的版本，當中圖畫亦應該收藏。最近亦有金庸的武俠小說，這些研究者亦要搜集所有有關金庸的副產品，例如有人寫過金庸的小說人物，也都搜羅作爲研究對象。所以這套公仔紙豈可忽略。

這間文物店裏有幾張是前清時上京考試時考中三甲的報喜的長紅，這就是我們在戲劇中所見的所謂頭報二兩六的實物。店內有多張這種報喜長紅，其中有一張是雲南省的，但並非清代的，竟然是民國的，足見很多內陸省份，仍視大學畢業當作中了進士來報喜的。

文物店裏有很多古老的月份牌，也有文化大革命時的毛主席像章，因此吸引不少外國人進去購買，看得出生意是不錯的。據店主說，租地鋪開舊文物店是有可爲的，只是貨源成問題而已，賣去一批之後，不容易立即有貨補充，如果找到貨源，則租地仍是有可爲的。

中環一間地鋪文物店內所出售文物的一部分。

魯金先生在報章介紹神州

我替他賣出一個好價錢，老師便豪請我吃凍蟹和椒鹽瀨尿蝦，與梁太三人享用了這美宴，至今還津津樂道。過了一段時間，我找到台灣重印版《廣東通志》，精裝本的兩本我送給老師，他配上放大鏡閱讀，用字條貼滿查備資料，查閱時比線裝本更方便了。

我不算梁老師的入室弟子，但我看到有關香港的資料可以作報導的，都會打電話給他以作消息互通交流，如果採用這些資料刊登的話，老師也會間中請飲茶以示答謝。

梁濤老師人面廣，曾多次介紹要清理藏書的朋友給我認識，若這些藏書中有適合老師參考的，我會留起給老師過目，讓他挑選。一九九五年老師逝世，師母想把書賣給我，我知道自己沒能力承接，就介紹團體買下，作價十萬元，這款項可給師母安頓一些日子了。

獨行俠陳炘昌先生

一九九五年我收了港島區大坑道陳炘昌先生一批書。陳先生在六十至八十年代初的舊書界很有名氣，他當年在股票市場工作，每天比較閒散，一早八時到荷李活道康記一帶巡貨，中午一時及下午五時再去巡一下，最初收點自己喜歡的作家作品來閱讀。

我跟他交易是到他寫字樓看貨，他以購入價一倍利潤轉售賣出，他有好的書我都願意買入。跟他熟絡後，我會告訴他我需要哪類書，他看到後便買下再轉售給我。同業遠東圖書公司林名毅、龍文書局許晚成、龍門書局余秉權都與陳兄有交易，專和他買期刊。陳兄經營手法別有一套，他知道荷李活道的收買佬經常打麻將，有幾單半山藏書家售書的大交易都是收買佬介紹陳兄上門收購的，收書後他會轉賣給龍門余秉權先生等，真是靜靜賺了錢也沒有人知道。

之後差不多十多年我跟他沒有交易，至一九九五年，他邀我到他位於大坑道的家中購書，有一批民國舊書，期刊有《東方雜誌》和《旅行雜誌》，一九五七年至一九六六年的《人民日報》和《光明日報》、文革小冊子、八十年代《開放》期刊等書籍。他每次自己紮五十紮左右，每紮一呎半高，要價幾千，當時要價不低；幸好當年民國版書刊價格飆升，還有點價位可走，如是者交易了兩年多，最後陳兄逝世，他家人便把餘下的書一次過跟我交易完了。

陳錦鴻、魏寶雲、胡泳烑三位先生藏書

一九九六年曾收粉嶺陳錦鴻先生的藏書。陳弟是新亞書院的研究生，早年也到神州買書，畢業後投身師範當教師。他喜歡古琴，因要騰空地方開設古琴班，需要處理藏書室的藏書有過百紮，要兩輛輕型客貨車才能搬走。

再次是沙田魏寶雲先生，收書時他大約三十多歲，是一位喜歡翻譯研究的年輕人，藏有一批語文書和新文學，圖書大多數是七十至九十年代的書籍，收藏董橋和黃俊東的作品較齊全。魏弟研究廣東鄺其照翻譯作品和生平，現任香港公開大學助理教授。

上水胡泳烑先生，我曾到訪胡先生家兩三次，主要買新文學、哲學、藝術書籍，發現其他同業也有收過胡先生的書，他在網上有專題介紹和寫文章，很多謝他支持舊書店！

最大批：培英中學周相迎老師

香港仔培英中學周相迎老師的藏書是收書以來最大批的一次，請了兩部五噸貨車來裝書。當我在大埔錦綉花園收李先生的一批藝術書時，收到來電說星期日下午三時到培英中學收書。我與兒子如期到達，看到操場上用書桌圍住一圈，圈外放滿圖書，很多同學在選購，操場中央貼有「周相迎老師圖書義賣，書款捐給學校圖書館」的標貼，到了三時便停止義賣。接待我的李先生說餘下的圖書全部賣給我，給一個合理的價格便可。

我當時嚇了一跳，看到都是文史哲居多，期刊《大人》《大成》也有在內。學生把周老師編的教科書和會考資料都搶購一空了，老師的收藏如梁啟超和康有為等廣東著述則少人挑選。我與李先生商量後，以幾萬元買入這批書，完成周相迎老師的心願。我與周老師從未相遇，回到店裏整理書刊，發現有數十種是在神州購買，我真是有眼不識泰山，緣來緣去，舊書回歸讓我對這批書有一種分外親切、特別的感情！我後來才知道周老師在二〇〇九年離世。

話劇演員梁國雄先生

梁國雄先生親力親為，一向都是親自把書拿到我店來的。梁先生會在每本書的扉頁蓋上他的印章和簽名，很多買了他的藏書的顧客都問我是否前立法會議員的藏書，我都回說只是同名同姓而已，是完全不同的兩個人。梁國雄先生是一位話劇演員，醉心話劇與電影，相關的書刊若買不到原書，便借書來影印，影印的費用往往比原書還要貴，以求把資料保存下來，可謂敬業樂業。

他收藏的話劇、電影書籍涉及理論、翻譯和作家研究，收藏的範圍有內地、東南亞、港澳台、美加中文版書籍等，藏品包括曹禺研究五十多本、六十年代《今日世界》，外國話劇可能比港大中文圖書館的藏品還要齊全。小思老師也十分讚賞梁先生有這魄力。因收書的關係，他很早便和我認識，六十年代初神州在伊利近街租中間房時，他已經上門找我買話劇和電影書，神州搬到威靈頓街、士丹利街、擺花街，他都一直光顧，可說是神州的長情客戶。

二〇〇七年六月我搬到柴灣後，某天梁國雄先生來找我，說退休了，有些擺放在各處的書籍，因要交還地方給別人，須清理一下，問我要不要？他說曾經把書拿到九龍的舊書店，對方說線裝書、民國版、舊新文學等才要，最終整批書退回。我說既是舊書，我可以要，但價格或許沒別人高。他說只想收藏不要變成廢紙，最好讓這些書回流到有需要的人手裏。

於是接下來的日子，他每一至三個星期便自行把兩箱約一百本左右的書刊送來，我見都頗重的，說願到他指定的地方取，可他說書分散在很多地方，要集中在一起，湊足數量才拿過來。我曾問他為何不要求相關的機構收留這些書呢？他說都問過了，相關機構說等開會後才作決定，但等了許久都沒回音，於是想賣給舊書店，這樣也可以讓他的收藏繼續留存。

各方饋贈書刊

隨着時代發展，現代人的環保意識逐漸提高，很多街坊或未曾見面的朋友，都會把要清理的書拿到我店，讓書本可以再作閱讀。甚至有人士叫司機送到樓下叫我去取，或委託客貨車送到樓下，打電話叫我下去拿，很多謝這些有心人的默默支持，他們的熱誠為我繼續保留舊書注入一股強大的動力。

餽贈書籍往往在書展後會多一些。因我多年來在書展租個攤位，向書友及同行宣傳環保意識，勿讓舊書淪為廢紙場的一員，所以很多書友都樂意響應。

最初餽贈書刊給我店的是小思老師。我與小思老師早在六十年代已相識，她收集很多新文學書刊，尤其香港地方文學文獻，她把畢生的收藏都奉獻給文化界，是我極為尊重的學者。每次在老師買書後送貨給她時，她都會把文壇出版的書刊或文學活動單張贈送給我們，有最新書籍相關活動及展覽也會告訴我，使我這井底之蛙有更多渠道見識天下，這些刊物對我幫助也頗多。

鰂魚涌模範邨的容雁雲女士，是一位體貼又令我尊重的長輩。她收藏文史書較多。我多次到她家收書，價格隨我出，書款她拿去作慈善用途，每次都說辛苦我經營着這夕陽行業。最近幾次收書，她還不要錢，送書給我，說我這生意保存下來也不容易。同時她介紹多位好友我認識，和我買賣過幾次書刊。

最近到大坑道的吳艷梅女士家中收書，她將收藏的一批藝術書慷慨地送給我，整理為一堆後叫我去取，我分了三次拿回店裏。多謝她支持！

鑽石山的大東圖書劉志強先生，早在六十年代初就因編集叢書而成名，周康燮先生也是該叢書的編輯之一，周先生是對日後龍門發展影響很深的人。有次到劉先生家中取書，他說：「難得歐陽你還支持着舊書行業，這些圖書應讓給你，請將大東的存貨送出，讓這些書有個好歸宿，不然作為垃圾就太可惜了。」

夏仲權先生藏書引起理大共鳴

最後說一件因收書而發生的趣事。二〇一二年夏天的一個下午，有位年約五十歲的男士取了幾本書給我看，一本是夏氏宗親會刊物，一本是民國版科技期刊，再一本是六十年代遊記。他告訴我他的兄弟有一批這類型的書在朗屏鄉郊，問我店是否會收。於是我約他第二天看貨，約定在朗屏輕鐵站匯合，我與兒子跟着夏先生走了十分鐘左右便到達。圖書基本上都是專門的科技書籍，有航天、太空、專科醫學等，還有一些中醫書、工業成品橡膠、石墨等，四分之一是英文書。因我店主要經營文史哲藝術書籍，因此我對夏先生說這類型的書不太適合我店，叫他另找他人。

夏先生這才表示已帶過幾位同行看過，都說難賣出而沒交易成功。他誠懇地說，這房屋要變賣了，沒地方存放這些書，你能要就盡量要吧，這些都是他兄長十多年來買入和閱讀過的，全部都在讀完後注明這書的編號，讓這些書變成垃圾太可惜了！我明白愛書人的境況，於是花了幾天時間整理，買了一大批中文類的，餘下的外文書介紹給流動風景的陳先生買下。

二〇一六年，香港理工大學的學生組織在很多書中查看到這位夏仲權先生的藏書，說每本都有閱讀筆跡，有簽名和藏書編號，很有系統，想了解多些關於這位熱愛科技的藏書家。我發現我收的書籍中，有夏仲權先生在培正學校讀書時期的作業簿和證書，便拿出來供他們參考。

從夏先生口中得知，其兄晚年身體有點小毛病，行動不便，喜歡看中醫書籍以調理自己的身體。以前買科技書較其他書籍便宜，記得六十至八十年代，每年三月左右，三聯、商務、中華、三育清理積壓圖書減價促銷，必定有科技書。而夏仲權先生熱愛科技書，可謂買賣相得益彰了。理大的學生組織為此追索一位藏書家的藏書心跡，還特地開設了別開生面的研討會，邀請我為嘉賓，讓我覺得賣書佬也可上演講台，很是欣慰。

千禧前後風氣轉變

隨着時間變化，神州業務最初靠書莊取貨，行銷海外為核心，銷售圖書以中國政治、經濟、法律、社科為主，還有年鑑、族譜、地方志等，這些書的收藏者是海外圖書館和研究所。門市部銷售主要有古典文學如《唐詩三百首》，名家書信如《雪鴻軒尺牘》。學校參考書有應用文和作文成語。老師推薦課外讀本有冰心的《寄小讀者》，大學用書有周谷城、錢穆、傅樂成的《中國通史》。通俗小說有望雲、鄺海量、李我、俊人等的作品。應用技術有烹飪、修理鐘錶、晶體收音機。

九十年代售書又發生了一些變化，因為出現了懷舊熱潮、本地熱潮、文革熱潮、毛澤東熱潮、民國版本熱潮、線裝本熱潮、圖書初版熱潮、簽名本熱潮等，令社會上充滿濃厚的收藏氣氛。我店曾收藏三十多份民國二十二年商務印書館版的上海地圖，由最初售十元到最後售近千元，還有黎晉偉著的十六開綠色封面的《香港百年史》，也是由最初售十多元到最高售五百元，只可惜現在連自己手頭都沒貨了。懷舊熱潮是由海外吹過來的，連一向售賣舊書的書店有些都改稱「二手」書店。但我個人認為「二手」太單調，且中國人普遍認為「二手」不是高尚的稱呼，還是稱「舊書」讓人覺得踏實，更感覺有深度。所以我店由「神州圖書公司」改為「神州舊書文玩有限公司」，全港沒有這樣的稱號。

丁新豹、余慕雲推廣本地文化

香港這些熱潮有賴多位學者及文化人推廣，其中我認識的有丁新豹先生，他致力推廣博物館普及文化。早在七十年代，我便認識當時就讀香港大學中文系的丁先生。他經常與朋友到小店選書，挑選書籍時會不時將書架上不平整的書拍打整齊，選好了書也客氣地說多謝。有一次他叫我代找有關博物館的書刊，我到貨倉找到幾本，連期刊內有關博物館的資料也找了一點給他，他很高與地選購了。後來在一個演講會上遇到他，他客氣地點頭跟我打招呼。

余慕雲先生是香港電影歷史研究專家。七十年代他在一間公司做「行街」（推銷經紀），經常來神州挑選香港電影書刊雜誌，說他已視研究香港電影歷史為終生事業，我對他有此宏願，甚為尊敬。當年香港電影書十分便宜，也沒多少人喜歡收藏，他買書時我也半賣半送，以最便宜的價格給他。記得有一次我購得香港戰前版《伶星》雜誌合訂本，他看到後十分喜歡，大讚難得。當時我索價幾十元，他說價格貴，負擔不起，要求我借給他抄閱一下相關資料。但過了一年，我追他歸還時，他支吾以對，最後我只可作價十元當賣給他了結此事。

八十年代廣州珠江電影製片公司欲編輯有關香港電影資料的書刊，請余作義務編輯。他請我協助，我義務借出地方作他的工作室，並代他把整理好的資料影印裝訂好給他。過了半年後，聽說他轉到《香港電影》月刊工作，後來在香港電影資料館工作多年，我與他很少來往了。退休後他找過我一次，說他與廣州組織的人物資料館有合作機會，之後我們都沒有再見過面，直至二〇〇六年他離世。

黃俊東、許定銘發表「書話」

說到協助推動舊書買賣的人士，不能不提黃俊東和許定銘兩位先生。他們幾十年來，都以書話體裁寫作，成為我推廣讀書風氣和收藏圖書的原動力。黃俊東先生早在六十年代便經常到荷李活道找書，順道來士丹利街找我閒談，每次在《明報》發表「書話」，都會給我一份，後來他進入《明報月刊》當編輯，事忙了才少了來往。後來黃先生移民澳洲，移民前以半賣半送的價格賣給我一批藏書。直至二〇一一年香港書展，在小思老師主持的一場講座上，我與黃俊東先生、許定銘先生以嘉賓身份成為講者之一，才再重遇，那次見面十分令人難忘。

許定銘先生是我的好朋友及好同業，他是香港著名新文學書刊收藏家，凡有舊版新文學，不論內地或港台版，必定傾力收藏。故他寫的書話，很受愛書人及研究者重視。他很早就創辦「創作書社」，推廣新文學，更出版及在網絡發表「書話」作品。他每次出版新書，都送一冊簽名本給我，我一直很感謝他的盛意。近年來他移居美國多年不見，我出版《販書追憶》遠洋求序，多得許兄答允，特此多謝！

陳子善首介紹神州予內地

內地實施開放政策及香港回歸後，內地人士有更多機會來香港，形成一股新的淘書風氣，注入到香港的舊書行業中。當中時任華東師範大學教授的陳子善先生，是首位將神州書店推介給內地讀者的學者。陳老師多次到小店購書，他想搜羅海外版張愛玲和周作人的書，我在貨倉裏為他找到好些這方面的書籍。

他在一九九六年十一月二十五日的上海《新民晚報》第十四版發表過一篇題為〈在「神州」覓舊書〉的文章，這篇文章在多處轉載，且引起回響，很多素未謀面及初來港的

在“神州”觅旧书

陈子善

欧阳先生是香港神州图书公司的老板。说“公司”其实只是夫妻店，我到“神州”那么多次，除了偶尔见到他的夫人值班，其它时间都是欧阳先生亲自坐在门口接待读者。店中除了一位专事复印资料的“打工”青年，别无他人，用内地的时髦话讲，“神州”是典型的“个体书店”。

香港的书店也真多，不管什么书都能买到，与三十年代的旧上海颇有几分相似。但我最为中意的不是漂亮宽敞的商务、三联、天地等大书店，而是那些富有个性的旧书铺和小书摊。犹记九〇年初首次到港，由有名的藏书家方先生热心引领，一天之内，马不停蹄，从港岛到九龙，竟跑了十多家大小旧书店，弄得两手乌黑，连中饭都顾不上吃。就是在那次闪电式的访书中，我结识了欧阳先生。

那时的“神州”位于中环士丹利街32号阁楼，闹中取静，与在香港几乎无人不晓的陆羽茶室仅数步之遥。但“神州”太小了，毫不起眼，不走到门口是无法发现的。读者登上十几级小楼梯，推开一扇玻璃小门，才能进入“神州”的书香天地。在二十多平方米极为有限的空间里，“神州”的旧书重重叠叠，书架直顶着天花板，读者要翻阅最上层的书，必须借助梯子爬上爬下。在靠近入口的书架上悬挂着一副对联：“旧书细读多犹味、佳客能来不费招”，虽然比不上九龙另一家享有盛名的波文书局店堂里的对联“远求海内单行本，快读人间未见书”气派大，倒也使人感到亲切温馨。

欧阳先生与读者一见如故。熟悉的老读者来了，还会冲上一杯浓茶或咖啡，与你聊几句家常，再请你选书。三年后我又到香港中文大学访学，抵港的第二天傍晚就到“神州”旧地重游，没想到欧阳先生还认识我。也许我是他老主顾方先生的朋友，也许我来自内地大学，他对我很客气，凡我选购的书，一律按书后标价的七折优惠，总价还可去掉零头。因此，我每周总要去“神州”二、三次淘书，留连忘返，成了“神州”的常客。

“神州”以供应文史哲旧书为主，古今中外，品种十分丰富。看着不同历史时期、不同文化背景、不同政治倾向和不同艺术成就的作家作品混杂排列在一起，我常常有时光倒错的奇异感觉。无论它们曾经产生过多大的影响，有过怎样的曲折经历，而今都静悄悄地等待着有心人的发掘。当然，“神州”的旧书极少复本，那就要看哪位读者与好书有缘，捷足先登了。我有幸买到过武侠小说大师金庸的旧藏和香港另一位有名的藏书家黄俊东的旧藏。前者是上官牧的小说《大漠恩仇记》，扉页上有作者题签：“良镛兄指正 弟阳申敬赠 1953.6.9”；后者是徐葆炎译王尔德《莎乐美》（1927年光华书局初版毛边本），扉页上有黄先生的亲笔签名。当我把书带给黄先生看时，他也大感意外。

与欧阳先生熟了以后，我又得寸进尺，开出一长串书单请他为我配书。他二话没说，多次亲自到书库里为我翻找。周作人《知堂乙酉文编》初版本、张爱玲译《爱默森文集》初版本、聂绀弩的新诗集《元旦》、全套《海光文艺》和《文艺伴侣》杂志等等以及徐讦、曹聚仁作品的许多初版本等内地无法见到的书刊就是这样让我觅得的。那段时间里，我每次到“神州”总会有意外的惊喜，欧阳先生总是笑嘻嘻地说：“又找到几本，你看看吧。”有的书我翻了半天，最后决定不买，或是请他暂时保留，让我再考虑取舍，他也不以为忤，一口答应。

欧阳先生受过高等教育，默默无闻地从事旧书业多年。每次与他见面，我总会想起金耀基的名篇《剑桥一书贾》中的台维先生。欧阳先生像台维当年开办剑桥旧书摊一样，辛苦地守护着“神州”，爱书、敬书，乐于把书的信息、书的尊严、书的快乐传递给远至欧美日本、近到香港本地的读书人。他也从不利用读书人“竭书”、“迷书”的心理“弱点”，即使是名家签名本，也不加价，蝇头微利，惨淡经营。读书人遇到这样以传播文化为己任的旧书店主，真是有福了。

书日谈

藏书纪事

有那么一个买书的奇遇。明请读本栏。

第十四版　1996年11月25日　星期一　新民晚報

陳子善教授介紹神州的文章：〈在「神州」覓舊書〉，《新民晚報》1996 年書友，都是通過這篇文章找到神州舊書店的。

網絡賣書結緣

說起網絡賣書，值得一提的是一位因買書而相識的書友，網上昵稱「何家干」先生，但我從未請教他真實姓名，所以一直都只稱他何家干先生。隨着二〇〇三年自由行的開通，內地的旅客可以以個人名義來港澳旅遊，神州也開始打通了自由行旅客的渠道。何家干先生是於此時期多次來店淘書的先行者，他不是大量購書的那類書友，而是每次都精挑幾本，有時介紹他所選的同類書給他，他多數都已經有了，可知他的藏書已相當豐富。兩三次交往後，他主動推薦我在天涯社區網站開設帳戶，自始開創了神州在網絡上售書的先河。

在天涯社區網站註冊後，我在與舊書相關的「閒閒書話」版出帖，每次上傳數本書籍，想要的書友可在下方留言寫明數量。因為我上傳的多數是香港、台灣出版的書籍，很快受到內地書友的熱捧，每次反應都很熱烈。那時我庫存有一百多本澳門印的周作人著作《過去的工作》，上傳後一直有不同書友訂購，不用三個月這本書就在網上售罄了。而我也在天涯累積了一批愛好舊書的高水平知識分子友人，例如廣州的胡文輝先生和劉錚先生，都是經網絡而成為朋友的。

二〇〇四年初，何家干先生又介紹我認識另一個網站——孔夫子舊書網，所以神州又在中國這家以經營二手書為主，同時也是世界上規模最大的舊書交易網站開設了網上書店。網上售書這種銷售方式，令我眼界大開。網絡上有店內實體定價及拍賣價高者得兩種方式，有時自已以為一本名不見經傳的書，在拍賣那裏若有兩人以上喜歡，可以賣得出乎意料的價格。尤其是簽名本，往往由幾十元起拍，可以至一千幾百元成交。書刊的拍賣商品有民初時期和抗戰時期的刊物、解放區刊物、毛澤東早期著作、董橋著作、金庸的初版武俠小說等，線裝本中國書更不用說，「文革」時代的書刊也不乏市場，如果品相好，價格會更勝一籌。不過，再版或更後的版本價格就相差很大了。通過拍賣，我也在這網絡世界中不斷學習、不斷長知識。

孔夫子舊書網聚集了網上書店及書攤數量共計四萬餘家。書友在孔網要查找神州書店，只要在首頁的書店聯盟點擊進入香港地區便可找到「香港神州舊書店」了。我能在這龐大的網絡世界佔一席位，真有賴孔網的信賴與包容。每年農曆年年底，孔網都會舉辦一次書友聚會，我參加了這大家庭的很多屆聚會。每次赴京，都麻煩書友大亮接送，而到孔夫子舊書網的總部，負責人趙愛軍、創辦人子夏與和寶成老師對我也非常客氣，百忙中多次親自接待，還帶我參觀孔網的藏書樓和圖書館。和老師有一席話讓我銘記在心，他說：「歐陽先生，你應利用香港特殊的地位找尋香港和海外華僑出版的反清抗日的書刊，這類書兩地都較少和珍貴，應多加留意。」真的很感謝和老師的提議，也深深佩服他的眼光及觸覺。聚會除了認識新同業，也可了解一下內地行業情況。參加的店主都以年輕人為主，我這年紀算是最年長的之一了。所以聚會時通常都安排我作首位發言，抽獎請我來做頒獎嘉賓，書友們對我都尊敬有加，還爭相合照，讓我這香港的代表有備受尊重的感覺。

二〇〇四年我也在另一個專業舊書網「緣為書來」註冊開店。緣為書來是由網名叫「花腳貓」的沈帥小姐開辦的，她是天涯的版主之一，後來南下廣州創立舊書網。沈帥是女中豪傑，處事大刀闊斧，購貨大膽，大量入貨後很快可分發到各同業手中，只可惜她那裏沒有孔網那樣有人氣和有系統，終於隱沒在群網爭霸的硝煙中。在與「花腳貓」的數次見面中，還認識了人稱「胖子」的容家濱先生，他為人豪爽，熱心緣為書來的網站工作，以半個主人家的身份招待網友，飯聚都自動掏腰包付款。他收集香港出版的《大人》《大成》雜誌和涉及廣東掌故的書刊，我每次到穗都給他帶一點書刊。他有次來我店，把他由西藏請回來的一尊佛像送給我，告訴我佛像已請高僧開光加持了的。我很是感謝，一直把這尊佛像供奉在家中。

二〇二一年九月，我又加入了一個香港本地的網上拍賣群組。網絡售書可以說為神州開闢了一條新的門路。

忘年之交——趙亮

在孔網經營多年，不可不提的是由賣書認識的小夥子大亮（趙亮）。我與大亮年齡相差三十多歲，但談起書來，彼此一點隔閡也沒有，結下一段忘年之交。

二〇〇四年，大亮夫婦因度蜜月路經香港，我與他們約好在九龍塘地鐵站見面，待在酒店安頓好後便帶他們到士丹利街門市。他們夫婦倆一進門便看到我還沒滿月的孫兒柏曦被放在一張大玻璃枱面上睡着了。當時因地方小，還沒找到合適的嬰兒牀放店裏，這第一印象讓他們覺得很新奇，多年後也常有提及。

來之前我已跟他聯繫過，幫他找了一九四九年香港新民主出版社的毛澤東著作單行本，他全要了，還在店裏挑了一些書，然後到附近的陸羽茶室吃晚飯。第二天我與他們夫婦倆去了太平山和赤柱後，順道到柴灣貨倉走了一趟，因時間倉促，沒逗留多久就要走了。但首次到神州，他就有愉快的購書經歷，自此每年都來神州一到兩次淘書。我每次去北京也會找他，幾番來往大家便混熟了。他兩夫婦對我這老人家也招呼周到，替我安排觀光行程，幾年間帶我去了北京博物館、潘家園、琉璃廠、景山、頤和園及長城等。若我帶同孫兒赴京，他們就會安排到動物園、滑雪場、鳥巢和水立方。大亮的妻子顧京跟隨我兒媳叫我「老爺」，我也有把他們倆當兒子及兒媳般的親切感，咱們兩家不是親戚，但親如親人。

神州在香港書展

二〇〇九年，神州第一次參加一年一度的香港書展，吸引了不少媒體及讀者關注，因這是首家舊書店進駐書展，不是賣新書，主力是賣舊書。有朋友也懷疑在租金及費用負擔都不輕的情況下，賣舊書都很難回本，但我認為這是一個機會，能讓更多讀書人愛惜舊書。舊書也有它們的參考作用及存在價值，千萬不要因為它是舊書而扔到垃圾箱裏。

我們最想帶出的信息是——鼓勵讀者支持環保，讓舊書的文化延續。所以我們在書展展示的是舊書、二手書、舊報紙、兒童文學、漫畫《財叔》《香港年鑑》、香港地圖、民國月份牌、文革宣傳畫、《華僑週刊》、舊雜誌如《海光》和《伴侶》等，讓讀者耳目一新，吸引了不少入場人士，有很多讀者索取了卡片，說日後清理舊書時會找我們。我還特地告訴他們：「舊書回收找神州！」

書展後，果真有讀書人及藏家送書給我們，我也感到他們尊重這行業。支持我繼續經營舊書的人越來越多，這讓我感到十分安慰。

記一則書緣故事

在回收舊書的歷程中，我曾遇到一段感人的小故事，這故事我曾告訴過電台，他們還在巴士上播放這段採訪我的影片，把這故事廣傳，引起很多書友和觀眾很大的共鳴。故事是這樣的。

二十多年前我到北角郭太家購了一批書籍，回到店裏便馬上整理分類。剛好這時有一位講普通話的客人進來買書，他看到這堆書中的一本書，將其抽出來打開後，驚喜萬分地對我說：「居然有這樣巧合的事情?!」他給我看扉頁的簽名，說：「這書是我年輕時送給我朋友的，但居然今天輪轉到我手裏頭！」他還拿證件讓我核對名字，證明那簽名的人就是他。他懇切地向我查詢這位被贈書的人的消息。而這批書就是剛由郭太那裏拿回來的，我也覺得巧合極了，就打電話給郭太，問她是否認識那位簽名人。原來那位被贈書人就是郭太，我把事情簡要向郭太說了一遍，他們約定第二天來小店一敘。

第二天他倆還帶了手信來店答謝我幫忙。原來他們是自小認識的，且互生情愫，但由於階級問題，女方父母舉家移民來港，男方因工作而調到外地，後來各自成家了，彼此再沒音訊往來，現在竟然因為這本書而重逢了！好一段書的情緣，我無意中為他們的重逢起了一點催化作用。那一霎，我很感動，覺得從事舊書業很有意義！

其實書內有簽名，我認為對於看書人是沒甚麼妨礙的，反而是這些簽名，見證了這本書的流傳方向，主人是易轉了，但文化依然可永遠留存下來。過往買舊書的人，要求與新書一樣，簽名本是有人收藏過的舊書，售出大打折扣，但現在不同了，若是作者簽名本，題款也是名人，可以納入拍賣行列。

世紀疫症中的神州

二〇二〇年初，新型冠狀病毒疫情爆發，迅速擴散至全球多國。二〇二〇年一月二十三日，武漢宣佈疫區封鎖隔離。這時我也發覺疫情非常嚴重了，比二〇〇三年沙士（SARS）時更加嚴重。沙士期間我店依然繼續經營，只要注重衛生便可以。但這次新型冠狀病毒逐漸變成一場史上最嚴重的公共衛生事件。

受新冠疫情影響，香港實施了各種出入境強制檢疫措施，對社會各行各業影響非常嚴重。神州這些舊書店，更是如履薄冰。本來地處較偏遠的柴灣，平時都有數位熟客來店看書和購書的，內地客自由行也會按地址摸上門來；但現在受疫情影響，每日來店的客人極少，甚至有時沒人來光顧。一位喜歡買古典文學和語文書的熟客許先生，有天叫我到他家，打算把他的中文藏書送給我。原來他失業了，再沒心情閱讀，我聽到也覺得十分惋惜，沒想到疫情那麼快、影響那麼嚴重。

截斷了自由行客人，我網上售書也要轉用郵費昂貴的香港郵政，也因此而流失了一半以上的訂單。一些書友下了訂單，一看到一本書郵費要四十元都退縮了，就算付款了，也申請退款，生意不斷下跌。因郵費是網絡系統自動統一設定的，有些訂單的書是精裝的話，超了首重系統都是會只收取四十元，但我為免得失客人，就算補貼一些都會照樣寄出。補貼最多的是一位上海書友的訂單，他訂了一套精裝《紅雜誌．紅玫瑰》共四十一本，要分兩個紙箱才能裝得下，這訂單就要補貼六百元郵費，所幸書價也有六千多元，我只好安慰自己，當作給了這位書友九折的優惠吧。賺少點，才能收回現金以維持目前艱難的經營狀況。

門市人流少了，我也趁機花了一些時間整理一下書架的分類，把更詳細的分類標貼黏在書架上，好讓客人找書時更容易、更清晰地發現目標；也把貨倉裏的每種雜誌按出版年份重新排列，整理入架，方便書友查詢時能更有效率地提供服務。

據我所知，很多舊書同業情況都不理想，有些縮短營業時間以省減人手，政府推出的「保就業」防疫抗疫基金，也可為僱主解決燃眉之急；已滿十八歲的香港居民，每人可獲派五千元消費券；大家都利用各種方法，希望能順利渡過這困難的關口。

書友購書心態

我將書友的購書心態歸納為五類：一、求知識；二、應付考試和畢業論文；三、博覽群書、喜歡收藏；四、滿足購書慾；五、希望升值。

一、求知識的書友。這類書友的數量可以說逐年下降，因為人們可隨時到圖書館飽覽各類圖書，認為花錢購書已非必要，所以這類人真是買少見少了。

二、應付考試和畢業論文的人士。他們在需要找資料的頭一兩年是常客，寫完論文便像隱士般漸漸隱沒於江湖。

三、博覽群書、喜歡收藏的客人。這類書友是我的米飯班主，他們喜歡慢慢地淘書找書，涉獵的範圍也很廣泛，多次交易後便成為熟客，甚至成為朋友。

四、滿足購書慾的顧客。這類書友是我最需要爭取的對象，他們購書快速又捨得花錢，比較喜歡在別人面前談及自己藏書之豐，其實買回家的書很大一部分都原封不動，未曾瀏覽過。

五、通過買書希望讓書升值的客人。他們都有獨到的眼光，觸覺敏銳，消息靈通，以書營書，書可以變成他們的生財法寶。各大新舊書店及拍賣場所、拍賣群組都留下他們的身影。

內地和香港的拍賣行都有定期舉辦舊書拍賣，起初以線裝書為主；接着熱捧《紅樓夢》

老舊版本；後來推崇民國時期新文學作家的作品，如周作人、張愛玲等；然後是早期出版的毛澤東著作、解放區和抗戰時期出版物、淪陷區敵偽時期書籍的初版或創刊號；現在最受追捧的是素葉早期出版書籍，董橋、黃碧雲、古蒼梧等作家的初版書。上世紀四十年代至九十年代的期刊、報紙，每年價格都節節上升，書價這樣被推高，這風氣不知是否值得鼓勵？這讓我想起上世紀八十年代的報刊很多都有連載填字遊戲，若全中答案便有獎品。有些讀者為了這些遊戲題目而博覽群書，帶動讀書風氣，促成圖書也暢銷了一段時間，從而增添了一批收藏書的群組。

說起購書，我想說一下一位因在香港書展看到神州的展位，才知有神州這間書店的胡先生。胡先生是一位傷殘人士，他行動不便，走路一瘸一拐，十分困難，有時站立不穩也會撞跌書架上的書，不過從他買的書便可知他文化水平不低，他喜歡中國諸子哲學和古體詩。每次他由香港仔的住所坐地鐵到柴灣都要花上不少時間，連買書時間，來回差不多半天。他說雖然現在電子書日漸風行，但他還是喜愛看實體書，享受把書捧在手心、聞着書香細閱的樂趣。

賣書售書者心態

神州的貨源起初是由我自行到港九書店和地攤書檔收集而來，到八十年代後改到各區新舊朋友家中購貨，也有一些人專門把書拿到店裏轉售給我，我把賣書放書的人士分為六種：

一、賣花讚花香。認為自己收藏的貨品天下無敵，希望高價出售。

二、有聚有散心態。對待價格不太重視，最重要是他的書能再有賞識的人士收留。

三、環境變遷或移民外地。因賣樓退租，住宅更改用途如書房變為兒童房或工人房等需處理書，或先人遺下的書要由後人處理。

四、興趣改變，心情改變，工作改變或退休，因而要處理書房空間。

五、以寄售或委託方式出售書刊。九十年代我曾幫幾位收藏家採用拍賣的方式把他們的藏品高價出售，把珍貴的書刊轉交至另一位收藏家的手中，我成了書與書之間傳遞的橋樑。

六、支持環保、捐贈書刊。此類書友認為文化應該留存，自已曾經擁有已足夠，能讓有需要的人閱讀或收藏，他們也有莫大的滿足感。

我收書多年，看到許多老人家很愛惜自己的圖書，生前怎也捨不得賣，認為賣書有失身份，離開後藏品由家人處置，只有少部分會流轉到舊書店，很多都淪為垃圾，甚為可惜！

我曾經與一位文先生相約交易一批圖書，但因不熟路而遲到半小時，到他家門口時被告知書已叫大廈管理員清理到垃圾房了，於是我立刻趕到大廈垃圾房救回這些書刊，內裏很多都是舊文史類的書籍，真是大幸！現代的年輕人不太珍惜前人的藏品，也不感興趣，認為這是過時的物品，棄之為快。我曾試過在街邊垃圾桶旁撿到環球出版的二角錢流行小說、粵劇唱本、木魚書和戲橋等，慨嘆別人的糟蹋，也慶幸自已能拾遺。直到現在，我路過垃圾桶和垃圾站，都會多加留意，看看有沒有書籍的蹤影。

舊書業會否被淘汰，後繼無人？

昔日為人所熟悉的四大舊行業是當舖、故衣、古玩店和舊書店，現在被很多人統稱為「夕陽行業」。這當中有甚麼轉變呢？我個人認為，銀行的部分業務接收了當舖的抵押業務，故衣店裏名貴的絲織品、古玩店的舊古董及舊書店的舊書，很多都轉到拍賣行拍賣，以一種新的生態形式存在和運作。還有的轉作網上經營了。

以舊書來說，網絡上售賣書最多的有孔夫子舊書網、淘寶、京東和微店等，坊間有很多買賣二手書的網站和群組，讓舊書透過不同的渠道得以流轉和交易。小型實體店（即有門市部的）開業手續繁瑣，購貨、租金、人工、管理費、差餉、水電費及運輸費等日常開支，合共起碼要三至五萬元才過得一個月。舊書店能在香港立足，真的買少見少，但這又是否代表它是夕陽行業呢？我看舊書業是否能繼續生存，還要看後輩們如何看待這行業。

我覺得現在的年輕人學識比我輩高得多，懂得和接受智能科技的速度也比我輩快，且有自己的一套管理方法。就如我認識的青年林先生，他多年來搜集有關香港文史哲及新文學舊書，遇到喜愛的書籍，就算重複的也買，同時利用公司出差到各地的便利，每到東南亞及歐美等地，都會到書店買回一些書刊返港。最近他在網上賣書和拍賣，起初租用迷你倉放置書籍，但要由迷你倉一箱一箱疊起的箱中，取出想要的書籍比較困難；後來分期買了四百呎的工廈來存放，設計成圖書館式的排列，還與幾位志同道合的書友合作，在單位內組織網絡售書，省卻了門市要聘請專人看舖的費用，各人還可保留各自的工作。現在他在網上售書，生意都不錯。他們把興趣結合娛樂，真是一樂也。

現在經營舊書日子較長的老店，有神州書店、新亞書店，及新興的精神書局、校友書局、梅馨書舍、老總書房和我的書房等，都可算是後浪推前浪，因此不可以簡單地說舊書業是夕陽行業。

老一輩經營者如我，仍然希望後輩為舊書買賣加闊一條活路，讓舊書連綿不斷在愛書人手中存藏或流轉，以在一地文化中為舊書店保留應有的一頁。

跋

我執筆寫此書，涉及幾十年來香港舊書行業，及專營海外書莊等情況，這都是我的個人經歷，當中的資料極少人曾提及。經小思老師提議、鼓勵、鞭策、修改與指正，拖拖拉拉差不多用了三年時間才完成。若記錄有錯漏，望讀者多加指出及校正。

再三感謝曾經在神州打拼過的工作人員：二弟文安、三弟文堅，職工林燦欽、廖志能、羅家強、林惠鑾女士，暑假來幫忙的學生，兒子冠愷及兒媳鄧笑金。還有長久不辭勞苦，在公在私都協助我的太太張菊華，我更是感激不盡！

致謝。

神州能維持到今天的局面，都承蒙廣大書友、團體、同業先輩的支持，在此深深致謝。

本書文字修改、中文輸入、校對全是兒媳鄧笑金女士協助，我深表感謝！

附錄一

上世紀香港舊書業地圖

各區書攤集中地

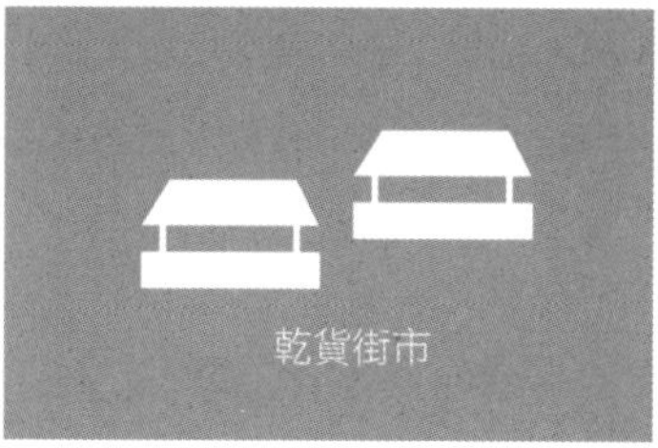

注：附錄一地圖未按比例繪製，只作示意參考。

上環、西營盤、西環舊書店及書攤分佈圖

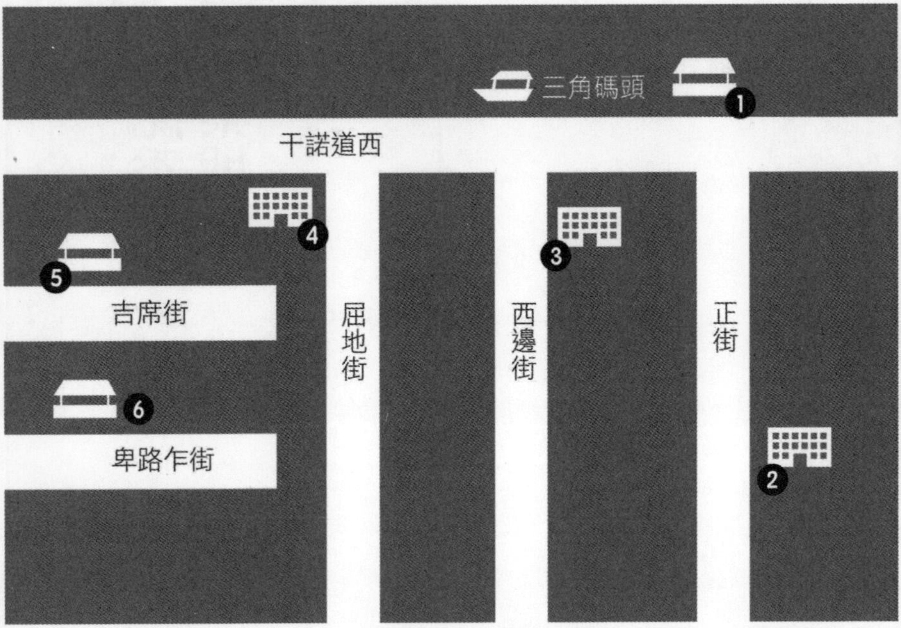

1. 「書聖」何老大書攤
2. 順利圖書公司
3. 校友書局
4. 精神書局
5. 吉席街書攤
6. 卑路乍街書攤

中上環舊書店及書攤分佈圖

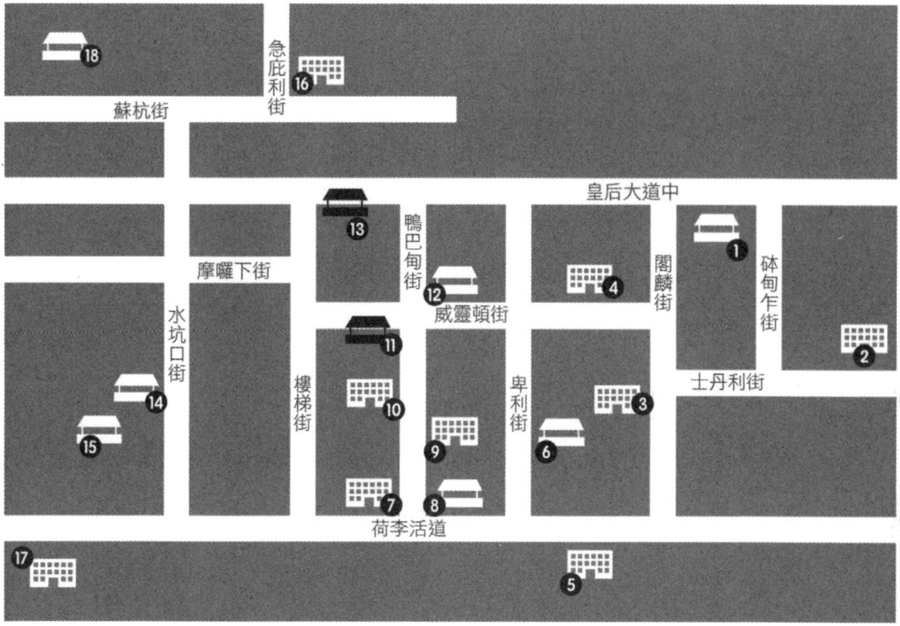

1. 康記地攤
2. 神州舊書店舊址
3. 劍虹書齋最早店址
4. 第二代神州舊書店舊址
5. 平價館（原名康記）
6. 李伯書檔
7. 大光燈
8. 售西文書最早期書檔
9. 三益書店最初店址
10. 劍虹書齋分售西文合租店址
11. 第二代劍虹書齋檔址
12. 專營拍賣書書檔（蓮香樓對面）
13. 嚤囉下街地攤集散地
14. 德記書檔
15. 大笪地集散地
16. 搬上四樓的德記
17. 文友書店
18. 新填地集散地（現信德中心）

灣仔舊書店及書攤分佈圖

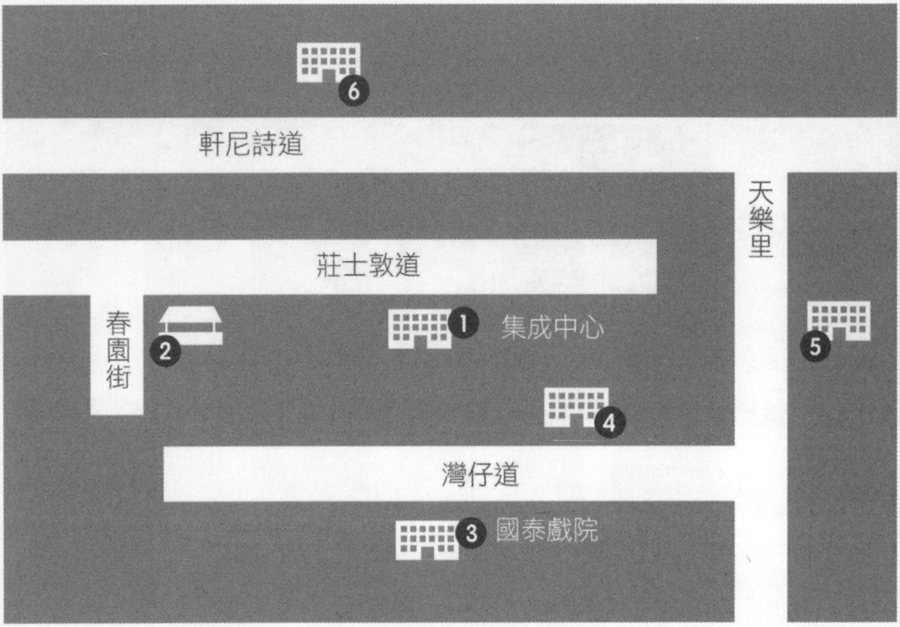

1 第一代灣仔三益書店
2 春園街集散地
3 釗記書局
4 波文書局
5 第二代灣仔三益書店
6 第三代灣仔三益書店

北角舊書店及書攤分佈圖

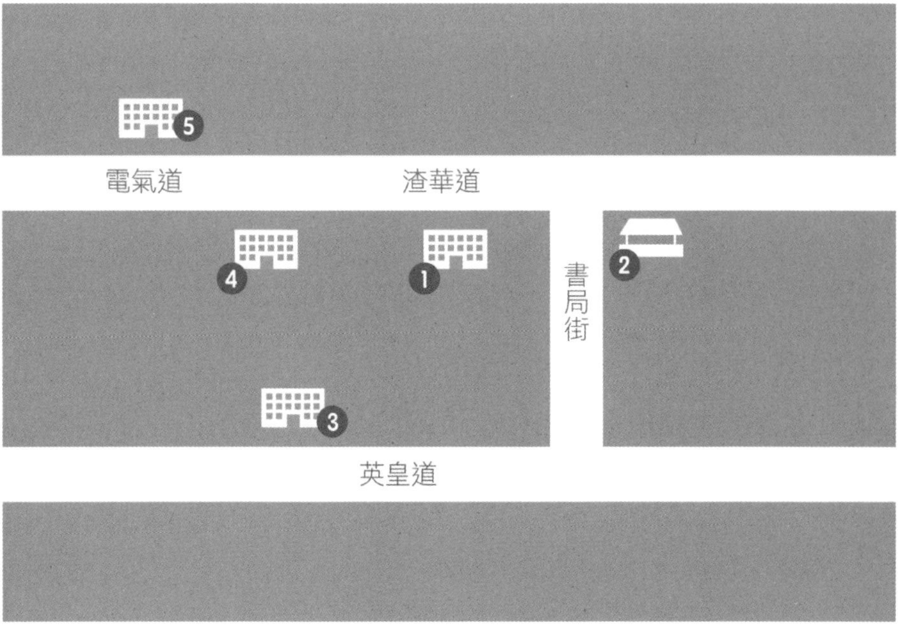

1. 青年書局
2. 書攤集散地
3. 森記書局
4. 精神書局
5. 老總書房

佐敦、旺角舊書店及書攤分佈圖

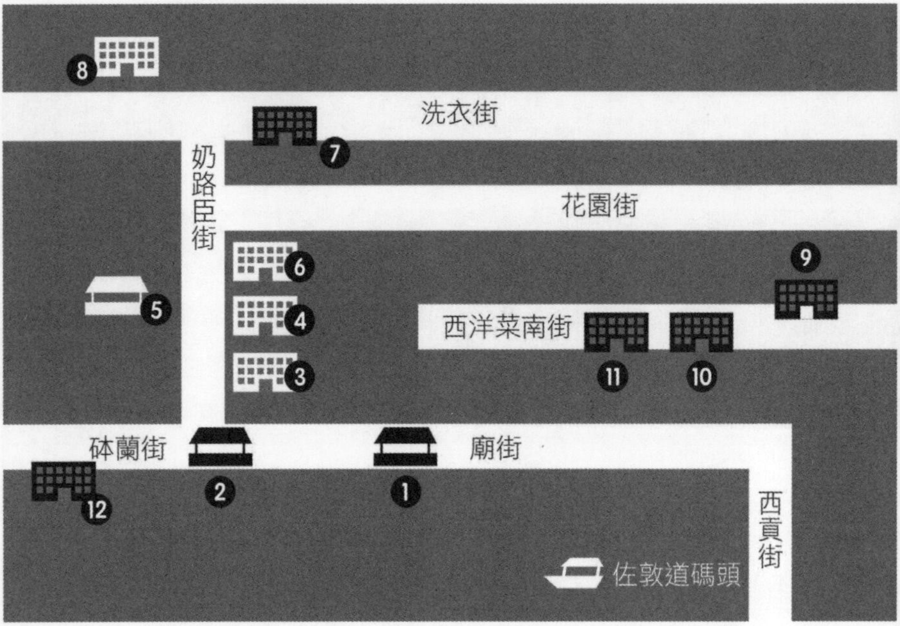

1 廟街集散地
2 奶路臣街地攤
3 復興書店
4 三友書店
5 書檔
6 精神書局
7 遠東圖書公司
8 第二代新亞書店（先是地舖，後搬上三、四樓）
9 實用書店
10 第一代新亞書店
11 新亞書店現址
12 何老大書山

深水埗舊書店及書攤分佈圖

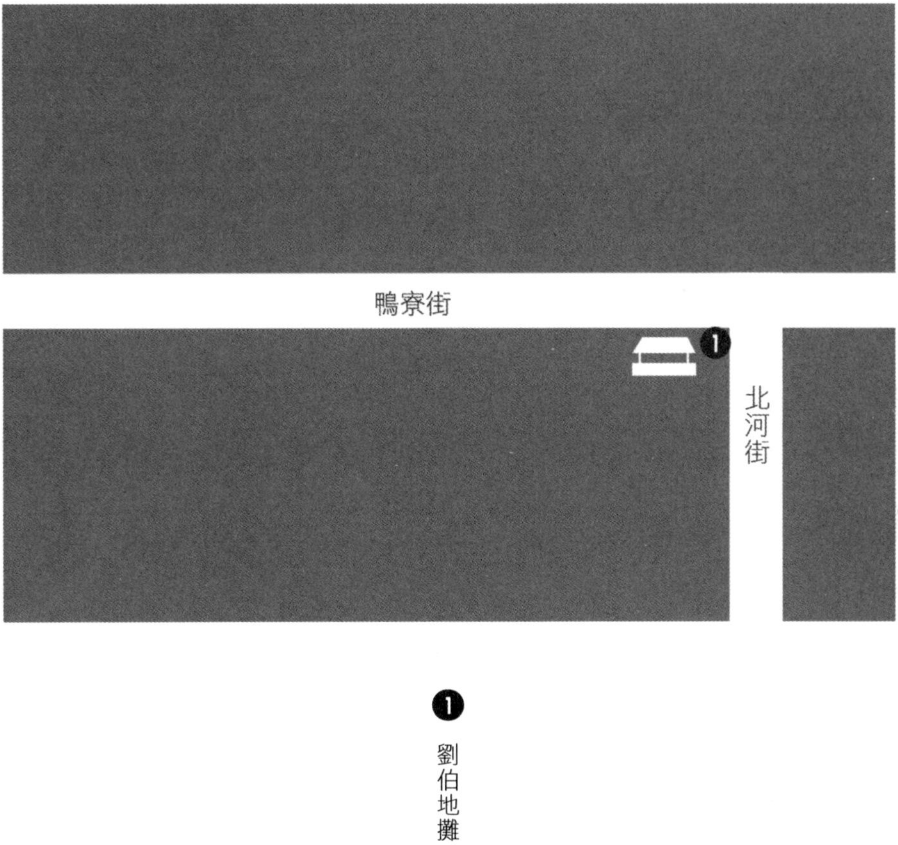

附錄二
神州舊訂單、收據、租單等

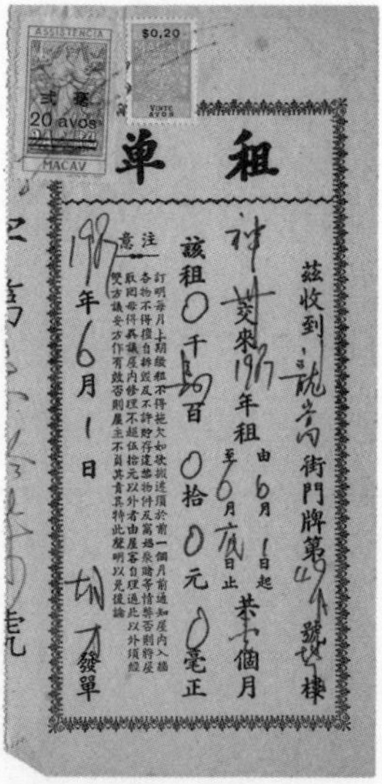
租単
茲收到　　街門牌第　　號
神州
該租　千　百　拾　元　毫正
年　月　日
注意
發單

澳門倉租單（1987 年）

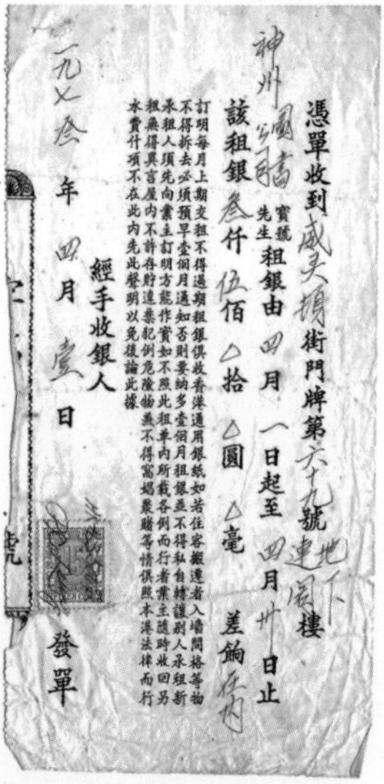
憑單收到　　街門牌第　　號
寶號
先生租銀由　月　日起至　月　日止
該租銀　仟　佰　拾　圓　毫
經手收銀人
年　月　日
發單

威靈頓街租單（1973 年）

CHINESE MATERIALS CENTER, INC.
809 Taraval Street • San Francisco, Calif. 94116 U.S.A.
TEL: (415) 665-0952 CABLE: CMCI

PURCHASE ORDER
NO. CD 195 - 2
DATE 9-28-77

TO:
Sun Chau

For CMC, Inc. Use
IT: HK 4636
CO: 216
IN:
MD:

QTY. 1
AUTHOR AND TITLE:

Chung Kuo ke ming wen ti
中国革命问题

Note: Return the duplicate with book or use as report.
Order is automatically cancelled over 120 days.

美國 Chinese Materials Center Inc 訂單（1977 年）

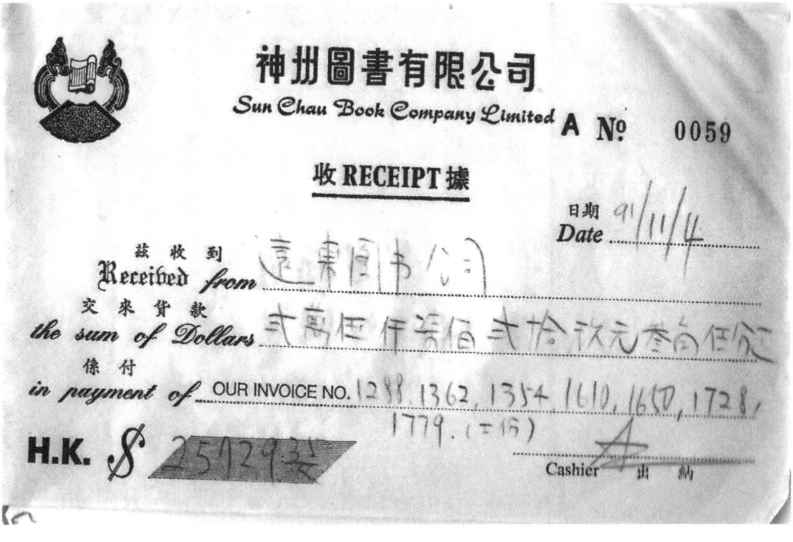

神州圖書有限公司
Sun Chau Book Company Limited
A № 0059

收 RECEIPT 據

日期 Date 91/11/4

茲收到 Received from 遠東圖书公司

交來貨款 the sum of Dollars 貳萬伍仟柒佰貳拾玖元叁角伍分

係付 in payment of OUR INVOICE NO. 1288, 1362, 1354, 1610, 1650, 1728, 1779.（≡15）

H.K. $ 25729.35

Cashier 出納

給遠東圖書公司的收據（1991 年）

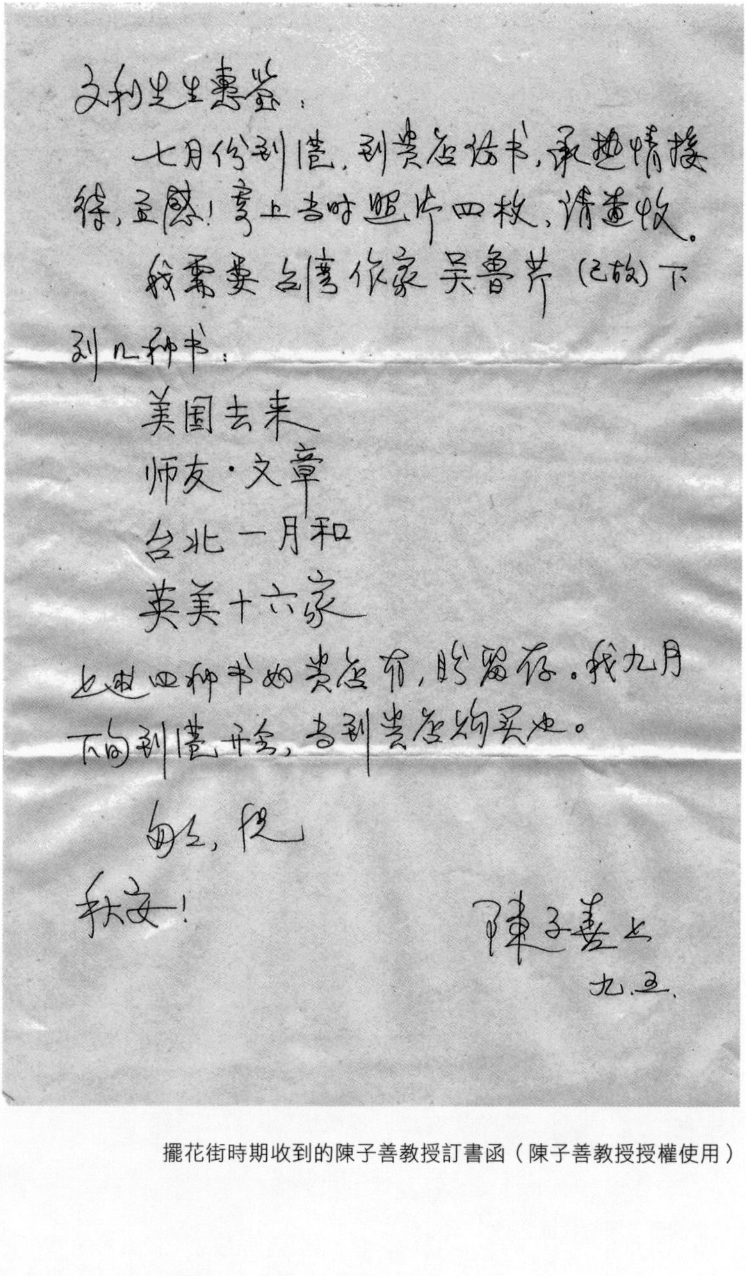
文利先生惠鉴：

七月份到港，到贵店访书，承热情接待，至感！寄上当时照片四枚，请查收。

我需要台湾作家吴鲁芹（已故）下列几种书：

美国去来

师友·文章

台北一月和

英美十六家

上述四种书如贵店有，盼留存。我九月下旬到港开会，当到贵店购买也。

匆匆，即

秋安！

陳子善上

九.五.

擺花街時期收到的陳子善教授訂書函（陳子善教授授權使用）

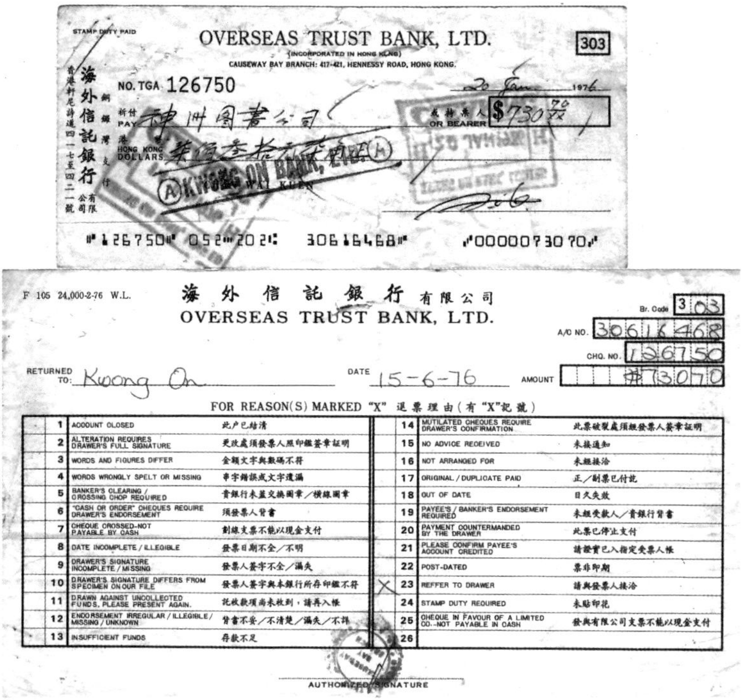

STAMP DUTY PAID

OVERSEAS TRUST BANK, LTD.

(INCORPORATED IN HONG KONG)

CAUSEWAY BAY BRANCH: 417-421, HENNESSY ROAD, HONG KONG.

303

海外信託銀行有限公司 銅鑼灣支行 香港軒尼詩道四一七至四二一號

NO. TGA 126750

20 Jan 1976

祈付 PAY 神州圖書公司 或持票人 OR BEARER $730.70

港幣 HONG KONG DOLLARS 柒佰叁拾元柒角

KWONG ON BANK, LTD.

WAI KUEN

⑈126750⑈ 052⑆202⑆ 30616468⑈ ⑈0000073070⑈

F 105 24,000-2-76 W.L.

海外信託銀行有限公司

OVERSEAS TRUST BANK, LTD.

Br. Code 303

A/C NO. 30616468

CHQ. NO. 126750

RETURNED TO: Kwong On DATE 15-6-76 AMOUNT $73070

FOR REASON(S) MARKED "X" 退票理由（有"X"記號）

1	ACCOUNT CLOSED	此戶已結清		14	MUTILATED CHEQUES REQUIRE DRAWER'S CONFIRMATION	此票破裂處須經發票人簽章証明
2	ALTERATION REQUIRES DRAWER'S FULL SIGNATURE	更改處須發票人照印鑑簽章証明		15	NO ADVICE RECEIVED	未接通知
3	WORDS AND FIGURES DIFFER	金額文字與數碼不符		16	NOT ARRANGED FOR	未經接洽
4	WORDS WRONGLY SPELT OR MISSING	串字錯誤或文字遺漏		17	ORIGINAL / DUPLICATE PAID	正／副票已付訖
5	BANKER'S CLEARING / CROSSING CHOP REQUIRED	貴銀行未蓋交換圖章／橫線圖章		18	OUT OF DATE	日久失效
6	"CASH OR ORDER" CHEQUES REQUIRE DRAWER'S ENDORSEMENT	須發票人背書		19	PAYEE'S / BANKER'S ENDORSEMENT REQUIRED	未經受款人／貴銀行背書
7	CHEQUE CROSSED-NOT PAYABLE BY CASH	劃線支票不能以現金支付		20	PAYMENT COUNTERMANDED BY THE DRAWER	此票已停止支付
8	DATE INCOMPLETE / ILLEGIBLE	發票日期不全／不明		21	PLEASE CONFIRM PAYEE'S ACCOUNT CREDITED	請證實已入指定受票人帳
9	DRAWER'S SIGNATURE INCOMPLETE / MISSING	發票人簽字不全／漏失		22	POST-DATED	票非即期
10	DRAWER'S SIGNATURE DIFFERS FROM SPECIMEN ON OUR FILE	發票人簽字與本銀行所存印鑑不符	X	23	REFFER TO DRAWER	請與發票人接洽
11	DRAWN AGAINST UNCOLLECTED FUNDS, PLEASE PRESENT AGAIN.	託收款項尚未收到，請再入帳		24	STAMP DUTY REQUIRED	未貼印花
12	ENDORSEMENT IRREGULAR / ILLEGIBLE / MISSING / UNKNOWN	背書不妥／不清楚／漏失／不詳		25	CHEQUE IN FAVOUR OF A LIMITED CO.-NOT PAYABLE IN CASH	發與有限公司支票不能以現金支付
13	INSUFFICIENT FUNDS	存款不足		26		

AUTHORIZED SIGNATURE

貨款退票（1976 年）

中国共产党研究专目

第三辑

索　引　　　　　　　　　　　　　　　　　　页　码

各省市地方党史资料……………………102

党史期刊……………………………………123

党的地方性杂志……………………………136

补遗…………………………………………139

※以上各种书籍期刊均为港币定价 (HKD)

※为了提高服务，以上各种书籍期刊当缺售时将会供应影印本。

经销处：

中国各省市县地方志资料专辑

※下列图书为了保证供应，采用影印形式处理。

《方志总论》　　　　1991年编印

C0001　中国地方志综览1949—1987　　　200.00

来新夏主编　黄山书社　88.10　16开 454页

C0002 ☆地名标志管理工作文件资料汇编　87.4　45.00

吉林省白城市地名委员会编印　32开 122页

C0003 ☆地名工作文件，资料汇编(一)　　95.00

白城市地名委员会　85.6　32开 253页

C0004　地名研究扎记　　35.00

淄博市博山区地名委员会办公室编

山东大学出版社　89　32开90页

C0005 ☆中国方志学　傅振伦著　50.00

福建地方志编纂委员会办公室印　32开 136页

C0006　方志学八讲　　50.00

广东省地方志办公室编　88.1　32开 134页

C0007　方志学基础知识（学习资料）(二册)　150.00

罗源县印刷厂印　88.5　32开 376页

C0008 ☆地方志编纂手册　32开1260页　450.00

河南省周口地区地方志编纂办公室编　84.6

C0009 ☆地方志编辑手册　　150.00

江西省省志编辑室　85.6　32开 400页

神州九十年代自製的售書目錄

附錄三

神州書店地址年表

日期	地址
1965 年 8 月-1967 年 8 月	中環伊利近街十八號三樓
1967 年 9 月-1969 年 9 月	上環皇后大道西雀仔橋對面二樓
1969 年 11 月-1971 年 10 月	中環皇后大道中鹿角大廈 601-602 室
1971 年 10 月-1973 年 4 月	中環士丹利街 32 號
1973 年 5 月-1991 年 4 月	中環威靈頓街 69 號
1991 年 4 月-2005 年 5 月	中環士丹利街 32 號
2005 年 5 月-2007 年 5 月	中環擺花街 2 號匯財中心三樓
2007 年 6 月至今	柴灣利眾街 40 號富誠工業大廈 23 樓 A2 室

製表：鄧笑金

作者簡介

歐陽文利，一九四四年二月生於香港。十三歲（一九五七年）便進入舊書行業，先後於集古齋、啟文書局工作八年。工作期間，於一九五九至一九六五年入讀漢華中學夜校。一九六六年創立神州圖書公司，後改名為神州舊書文玩有限公司，一直經營至今。一生專心致志從事同一項工作，親身經歷及見證着香港舊書行業的半世紀起落。

神州舊影

柴灣工廈內的神州書店，中為本書作者

作者（前排右二）全家福（2021 年）

香港書展的神州展位，左起：太太、孫兒、作者（2018 年）

作者與太太在店內的合照（2015 年）

劉以鬯先生（左一）在神州士丹利街舖內，前右為馬輝洪先生（2001 年）

作者於書展期間與小思老師合照（2014 年）

作者與劉再復先生合照

出席香港書展講座，左起：羅烺先生、小思老師、黃俊東先生、作者、
許定銘先生（2011 年）

作者與陳子善教授合照（2006 年）

作者與許定銘先生合照

作者與張義先生合照

徐雁教授到訪神州購書

參加孔夫子舊書網舉辦的聚會，左起：孔夫子舊書網趙愛軍先生、李林松女士、作者、孫雨田先生（2019 年）

與深圳書友聚會，左起：劉科沁、作者、高小龍（2011 年）

書友趙亮（大亮）到訪神州，左起：作者兒媳鄧笑金、兒子歐陽冠愷、大亮、作者（2009 年）

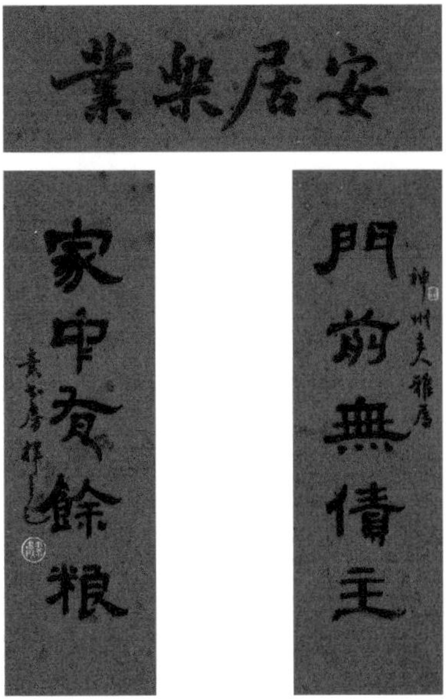

潘炳鴻先生為神州書寫的新年對聯

神州經手的香港版雜誌與舊書 *

《小説星期刊》第一期
（1924 年）

《人人文學》第一卷（1952 年）

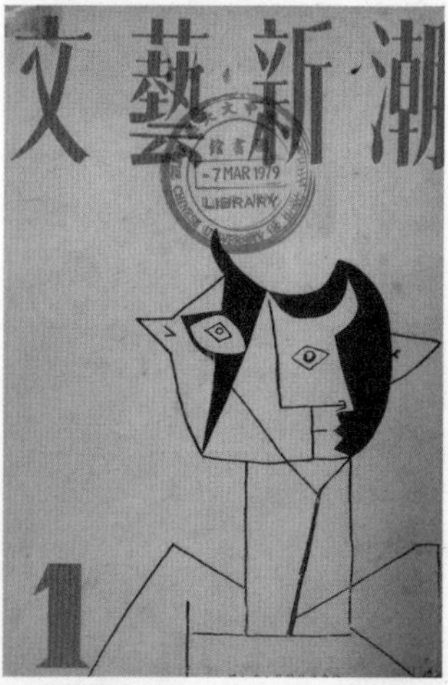

《文藝新潮》第一期（1956 年）

《文藝青年》創刊號
（1940 年）

＊ 圖片來源：香港中文大學圖書館

《茶點》第一期（1959 年）

《好望角》（1963 年）

《鐵馬》第一期（1929 年）

《島上》第一期（1930 年）

《南風》康樂復版號第一期
（1946 年）

《萬人週報》第一期（1946 年）

《大眾文藝叢刊》第一輯
（1948 年）

《香港青年周報》第 414 期
（1974 年）

若夢著，《青春夢裡人》，
星期小說文庫（1963 年）

喬又陵著，《死吻》，環球小說叢

《小朋友》復刊第 1 期，
中華書局發行（1953 年）

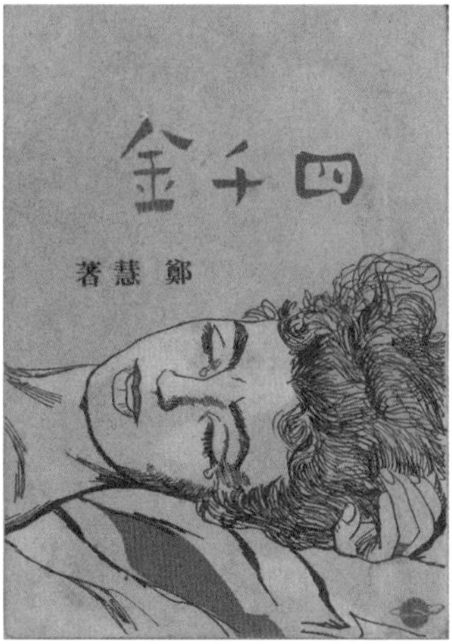

鄭慧著，《四千金》（1954 年）

販書追憶（增訂版）

歐陽文利——著

責任編輯　顧　瑜　柯穎霖　洪巧靜
裝幀設計　劉婉婷
地圖設計　洛　霖
排　　版　美　連
印　　務　劉漢舉

出　　版
中華書局（香港）有限公司
香港北角英皇道 499 號北角工業大廈 1 樓 B
電　　話　(852) 2137 2338
傳　　真　(852) 2713 8202
電子郵件　info@chunghwabook.com.hk
網　　址　http://www.chunghwabook.com.hk

發　　行
香港聯合書刊物流有限公司
香港新界荃灣德士古道 220-248 號荃灣工業中心 16 樓
電　　話　(852) 2150 2100
傳　　真　(852) 2407 3062
電子郵件　info@suplogistics.com.hk

印　　刷
美雅印刷製本有限公司
香港觀塘榮業街六號海濱工業大廈四樓 A 室

版　　次
2022 年 7 月初版

規格
32 開 (208mm x 140mm)

ISBN
978-988-8807-75-8（精裝本）
978-988-8807-76-5（毛邊本）